講談社文庫

増加博士と目減卿

二階堂黎人

目次

開幕の道化芝居　7
「ト」の悲劇——「Y」がふえる　27
幕間の道化芝居その一　128
最高にして最良の密室　135
幕間の道化芝居その二　175
雷鳴の轟く塔の秘密　181
閉幕の道化芝居　324
解説　鳥飼否宇　332

増加博士と目減卿

開幕の道化芝居

「ねえ、ねえ、この小説の作者の二階堂黎人さん?」

「何だい。僕が書いた、小説の登場人物の一人であるシオン君?」

「なんかさ、いきなり説明的な会話だよね、これ」

「そうかい」

「だいたい、何で、自分の小説に作者が出てくるわけ?」

「まあ、いいじゃないか。手塚治虫の漫画にも手塚治虫が出てくるし、石森章太郎の漫画にも石森章太郎が出てくる。推理小説で言えば、アルセーヌ・ルパン・シリーズには作者のモーリス・ルブランが出てくるしね」

「そうかな……何だか、腑《ふ》に落ちないけど……」

「で、僕に何か用かい、シオン君?」

「そうそう。二階堂さん。どうして、こんな変な短編集を出すことにしたの。それをまず訊こうと思って」

「変かい？」

「変だよ。だってさ、ボクら、登場人物のくせに、自分たちが小説の登場人物だって知っているんだよ。しかも、そのことをしょっちゅう口にするんだ。そんなの、ある意味、小説のお約束を無視した反則じゃないの？」

「うん。まあ、そうかもね」

「そうかもね――じゃないよ、まったく」

「そう、怒るなよ。君って、僕の書く物語の中で、始終怒っていないかい？」

「だって、そういう性格に書いたのは二階堂さんじゃないか」

「あはは。そりゃ、そうだ」

「まったく能天気だなあ」

「ところで、シオン君は、僕の書いた『奇跡島の不思議』とか『宇宙神の不思議』に出てくる登場人物だよね。どっちも角川書店から発売されている本だけど」

「何、それ？　本の宣伝？」

「そんなことはないけどね」

「じゃ、何さ?」

「『奇跡島の不思議』の話を作る時に、僕は二つのバージョンを書いたんだ。一つは、今本になっている普通の推理小説だ。もう一つは、メタ・ミステリー形式のものだった。結局、当時の担当編集者の意見を聞いて、現行版を出版することにした。別バージョンの方は、自分のウェブサイトに置いてある。見たい人は、《http://homepage1.nifty.com/NIKAIDOU/index.html》へアクセスしてみてほしい」

「メタ・ミステリーって?」

「定義はいろいろと考えられるけれども、僕は、ジャンルに関する自己言及性の強いミステリーと考えている。つまり、普通の小説だと、その物語は現実である振りをするわけだね。登場人物たちも、虚構として作られた物語を現実として受け入れ、疑うことなどはいっさいしない。ところが、メタ・ミステリーの場合は、物語自身も、その登場人物も、己がミステリーもしくはミステリーの一部であることを認識しているわけさ。解るかい?」

「よく解らないけど――それで?」

「じゃあ、論より証拠。ちょっと長いが、その一部分を以下に引用するから、それを読んでみてよ。ちょうど、この短編集にも出てくる登場人物が顔を揃えているからね。紹介の意味も込めてちょうどいいだろう。《読者への挑戦》が挿入された、そのすぐ後の場面だよ――」

＊＊＊

四つん這いになって本の縁から身を乗り出していた私は、立ち上がって膝の埃を払った。振り向くと、皆が青ざめた顔でこちらを見つめている。たぶん、私の顔も彼らに負けず色を失っていたことだろう。

「まさか、もう一つ、《読者への挑戦》があったとは夢にも思わなかったよ……」

「加々美《かがみ》さん、何故なんだろう。この後で、どんでん返しの解決があるなんてことはないよね⁉」

シオンがまた不安そうな声を出したので、私はなるべく落ち着いて返事をした。

「平気さ。事件はちゃんと完全に終わったさ。だって、この僕が犯人なんだぜ。他に犯人なんかいないよ。犯人が自分で言っているんだから、これほど確かなことはないさ。そんなに心配するなよ」

けれども、私の心は千々に乱れていた。

間違いない。私は第十七章で、事件についての自白をした後で自殺をしている。自分がやったことは、きちんと記憶にある。殺人者は私に決まっている。そうさ……。

榊原《さかきばら》が、脇からシオンの肩を軽くこづいた。

「おい、シオン。くだらないことを考えるなよな。また、話が面倒になったらどうするんだ。俺はもう早く帰って寝たいんだ。すっかりくたびれたんだよ」

シオンは怖がるような目で、コクコクと小刻みに頷いた。

「解ってるけどさ」

「大丈夫ですよ」と、胸を叩きながら請け合ったのは、木田《きだ》だった。「これは、何かの間違いっすよ。編集さんが、著者に黙って勝手に差し込んだか、印刷の過程でどこかの他の原稿が挟まったんじゃないすか。そんなに心配することはないですよ」

ところが、誰もが怯えた表情のままだった。そして、互いに自分の胸中の不安を探っていた。

真梨央《まりお》が意を決したように、

「みんな、少し冷静になってくれ。ダルマが言ったとおりかもしれないし、俺は、これは作者の間違いだと思う。今までこの作者は、自分の本の中に《読者への挑戦》を挿入したことはない。今回初めて、それができたので、ちょっと舞い上がってしまったんじゃないかな。間違って二つ目の《読者への挑戦》を書き込んでしまったのさ」

　しかし、榊原はメガネの奥で目を細め、

「いや、真梨央。それは違うな。俺には別の考えがある」

「何だ？」

「あれさ。さっきダルマも口にしたが、戦前、あの《白亜の館》を建築した龍門有香《りゅうもんゆか》子《こ》というお姫様の死に関する謎がまったく解かれていない。すなわち、その謎を、俺たちや読者に解かせようとして、あんな回りくどい《続・読者への挑戦》などというものを置いたんじゃねえのか」

「でも」と、シオンが訴えた。「風来坊さんは、事件を解決するためのデーターが足りないって言ってたよ。謎を解くなんて無理だよ」

「だが、それは風来坊が言ったことにすぎねえ。あいつが無能なだけのことだ」

「そんなあ！」

「ちょっと待て」と、真梨央が口を挟んだ。「もしかして、この後で、本当の名探偵が出てくるとしたら、どうだ。そして、その探偵が、謎をすっぱりと解き明かすんだ。今度こそ、あますことなくな」

　榊原は皮肉な笑みを浮かべ、

「なるほどな。どんでん返しに継ぐどんでん返しって奴か。最近の推理小説の流行だしな」

　木田が顔を突き出し、

「あれ、どうして、画伯さんが、そんなことを知っているんですか。画伯さんは、推理小説なんか読まない人だったじゃないですか」

「馬鹿。あれは物語の中の人格の話だ。実際の俺は、推理小説だってSFだって読むぜ。だいたいだな、今時の本と言ったら、書店に行ってみろ。半分近くがミステリーでもないくせにミステリーとか呼ばれているんだぞ。良識ある日本人として恥ずかしいし、無関心でいられるわけがない」

　留美子《るみこ》が急に明るい顔をし、手を顔の前で組んでピョンピョンと跳ね上がった。

「ステキ！　じゃあ、本当の名探偵って、誰が出てくるの？　誰？　誰？　ピストルを撃っているみたいな名前の人とか、クイーン、バイシクルー、バイシクルーとか、馬に乗った白馬の王子様みたいな人とか、カマドウマが嫌いなあのお方のお友達かしらん！」

「やだな、ルミちゃんは」と、シオンは冷ややかな目で自分の従姉を見た。「そんな人たちが出てきたら、出演料を別に取られるじゃないか。それに、著作権法違反だよ。この本の作者は二階堂黎人だって言っているじゃないか。そうしたら、出てくるのは、巻き毛の女名探偵に決まっているよ。もお。加々美さん、ルミちゃんに何とか言ってよ」

「あはは。巻き毛の美人探偵が出てきたらすごいね。豪華メンバー勢揃いだ。僕も見てみたいよ」

日野原《ひのはら》が太い腕で腕組みし、真面目に提案した。

「とにかく、みんなで考えてみたらどうですか、あの謎を」

「いいよ」

と、シオン。

「かまわないが」

と、真梨央。

「できるかな」

と、榊原。

「できるっすよ」

と、木田。

そして、友美《ともみ》が何か口にしようとした時だった。

「あらっ！」

と、彼女の顔色が変わり、続いて、

「キャッ」

と、可愛い悲鳴を上げたかと思うと、留美子が私にしがみついた。

「地震ですよ、先輩！」

と、日野原は言い、まわりをキョロキョロ見た。

舞台の上が小さく揺れている。確かに地震のようだった。その内に、その振動はますます強くなり、緞帳《どんちょう》その他まで小刻みに揺れ始めた。

「地震じゃないぞ！」

と、驚くように言ったのは真梨央だった。そして、彼は、下手《しもて》の方を指さした。

ズシン、ズシンという象が歩くような地響きが伝わってきた。足音はどんどん大きくなり、こちらに近づいた。

「何、あれ!?　こわーい！」

と、留美子は悲鳴を上げ、私の胸に顔を埋めた。

「すごーい！」

と、シオンが呆れた声を出した。

「人間じゃねえか」

と、榊原でさえ、口を半開きにして言った。

「本当に、人間なんですか⁉」

と、木田はメガネの奥で目を凝らした。

床を震わせる足音と共に、喉をぜいぜい鳴らす音がし、さらに、

「ウォッホッホッ」と、ガラス窓が割れそうなほどの、老人の陽気な大声が聞こえた。「諸君。御機嫌はいかがかね。どうやら、ずいぶん、待たせたようじゃの！　もう酒は飲んでおるか。男なら、酒を飲まねばならない。無論、ビールなら何パイントでもかまわん。おお、バッカスよ！　ほほう、そちらの嬢ちゃんたち二人は、どうやら女じゃな。だったら、蜂蜜入りの紅茶が体に良いぞ！」

私たちは目を疑った。いまだかつて、こんな威風堂々とした風体の老人を見たことがない。まずびっくりしたのが、その体格だ。巨大なビア樽が歩いてきたかと思ったほどで、しかも、その重い体を支えるために、ステッキを片手に一本ずつ、二本も持っているではないか。体重は優に百二十キロ以上ありそうだ。苦しげに喉を鳴らしているのも無理はない。

まるまると太った顔を見ると、髪は白髪混じりの黒髪で、それを後ろへ軍旗のよう

に揺らしている。顎は幾重にも脂肪でくびれており、顔は酒を飲んだばかりのように赤みを帯び、口元にかすかに皮肉っぽい笑みが浮かんでいる。

黒い立派な口髭があり、目は悪戯小僧のように生き生きと輝いている。学者然として、幅広の黒いリボンを付けたメガネをかけ、さらに、頭には黒のフェルト帽がのっている。黒いだぶだぶの服を着て、その上に、インバネスのような黒いマントを羽織っていた。

「何を、素っ頓狂な目をしておる！」と、その老人は我々の前まで来て立ち止まり、文字通り吠えた。「何か話をしていたのなら、わしにかまわず、議論を続けてかまわんぞ。わしが拝聴しておるからと言って、そんなに硬くなる必要はない！」

真梨央は気を取りなおし、

「あのう、失礼ですが、あなたはどなたですか」

と、おどおどしながら尋ねた。

老人の目が、メガネの奥で愉快そうに輝いた。

「わしか、わしの名は《増加《ぞうか》博士》じゃ」

「増加博士？」

私たちは全員、それを奇妙な名前だと思った。私は一瞬、それは渾名なのだろうと考えた。

「そうだ。増加博士じゃ。老辞書編纂家と呼んでくれても良いし、まあ、オホン、そのだな、警察の手伝いなどもしておるでのう、場合によっては、名探偵と呼んでもらっても、あながち間違いではないな」

「はあ」

「何を意気消沈しておる。若い者がそれではいかん。若い者は、血気盛んでなくてはつまらんぞ。フェンシングをしろ。剣を持ち出して、すぐに決闘を始めるくらい元気な若者がよろしい」

真梨央は襟を正して質問した。

「ええと、それでですね。増加博士は、ここへ何をしに来られたのですか」

「何をしに来たかじゃと！」

増加博士は気分を害したように怒鳴り、右手に持ったステッキを振り回した。

私たちはびっくりして首をすくめた。

「何をしに来たかと、おぬしは尋ねるのか！　これは驚いた。このわしを捕まえて、何をしに来たかと尋ねておる！」

「す、すみません」

さすがの真梨央も、長身を縮めてすくみ上がった。

「いや、謝ることなどない。まあ、よかろうて。わしは、あまり神経質な方じゃないからな」

「は、はい」

「わしは、おぬしらを助けに来たのじゃよ。おぬしらが困っていると聞いて、手助けに来たわけさ。わしは、いつでも若い者の味方なのじゃ」

「そうなんですか」

「うむ」と、増加博士。「それに、わしはビールが大好きじゃ。ウォッカでも、スコッチでもアルコールが入っている物なら何でもいい。ただし、女子供が飲むような甘ったるい名前のカクテルだけは、ごめんこうむる」

「すみません。ここにはお酒はないんです」

真梨央が言うと、増加博士ははっきりがっかりした顔をした。

「酒がないとな。おお、アテネの司政官よ！　じゃが、仕方がないな。ならば、さっさと事件を片づけて、家へ帰るだけさ。そんな惚けた顔をしていないで、早く話をしたらどうなんじゃ」

「え、あの、何の話をですか」

「決まっておるじゃないか、《奇跡島》で、数々の殺人を犯し、死体に不気味な装飾をして、皆を怖がらせた悪魔めの話じゃよ。おぬしらは、殺人犯の名前を聞きたくはないのか！」

＊＊＊

「馬鹿みたい！」

「何が馬鹿みたいなんだい、シオン君？」

「だってさ、小説の登場人物たちが自分たちの出てくる小説を読んで、それであれこれ、その小説の中身や結末について議論しているんだもん！」

「だから、それがメタ・ミステリーなんだよ。具体的な例を挙げると、竹本健治さんの『ウロボロス』シリーズとかが有名だよね」

「じゃあ、いいよ。解ったよ。それで何だって言うの！」

「おいおい、ずいぶん喧嘩腰だなあ」

「それがボクの性格なの！　知ってるくせに！」

「それでだ、この『奇跡島の不思議』の別バージョンを読んだ原書房の市毛《いちげ》力也《りきや》さん

(仮名)が、面白いから、増加博士の出てくる短編をいくつか書いて短編集を作りませんか、って言ってきたのさ。増加博士に引っかけて、《ふえる》シリーズという名前でね」

「市毛さんって、誰?」

「この『増加博士と目減卿』の編集を担当している原書房の名物編集者だよ。カーの『仮面劇場の殺人』などの《ヴィンテージ・ミステリ》シリーズや、新本格推理の新作を続々刊行している《ミステリー・リーグ》の仕掛け人だよ。精力的に仕事をこなす、とってもいい人だよ」

「原書房の《ミステリー・リーグ》って、芦辺拓さんの『グラン・ギニョール城』とか、西澤保彦さんの『聯愁殺』なんていう面白い本が入っている奴だね」

「何だよ。シオン君だってあからさまに宣伝しているじゃないか」

「で、二階堂さんは書くことにしたわけ?」

「まあ、機会があれば書きましょうか——なんて、適当に返事をしておいた。短編を書くのはどうも面倒だからね。ははは」

「呆れた」

「でも、こうして《ふえる》シリーズの短編集『増加博士と目減卿』が出ることになったんだから、いいじゃないか」

「それにさ。去年、《ミステリー・リーグ》シリーズが立ち上がった時の広告では、二階堂さんの作品として、名探偵・二階堂蘭子シリーズの長編『巨大幽霊マンモス事件』が予告に出ていたじゃないか。あれはどうなったの？」

「艦長！　敵弾が命中して通信機が破壊されました！」

「誤魔化してもだめだよ！」

「いろいろとあってね、まだ完成度は二十パーセントくらいなんだよ。それで、こっちの短編集を先に出すことにしたのさ——あ、ずいぶん前書きに紙面を使ってしまったな。さあ、本編に入ろうか」

「また誤魔化している」

「——というわけで、まずは、『「Ｌ」の悲劇——「Ｙ」がふえる』です。どうぞ！」

「あ、ちょっと待って！」

「何だよ、シオン君？」

「この短編が、どういう経緯で書かれたのか、少しは説明したらどうかな。読者だって聞きたいよ」

「そうかい？」

「うん」

「実は、当時——二〇〇〇年の初めのことだけど——講談社文庫の部長の内東裕之《ないとうひろゆき》さん（仮名）と、僕の担当の古林竜之《こばやしたつゆき》さん（仮名）が、新企画の相談があるから会いたいって言ってきたんだよ。それで、会ってみたら、講談社文庫の書き下ろしミステリー短編集をやりたいって言うんだ。テーマはエラリー・クイーンの『Yの悲劇』にちなみ、『「Y」の悲劇』という題名で、僕を含めた四人の作家で競作してほしいと言うんだね」

「他の三人は？」

「有栖川有栖さんに、法月綸太郎さんに、篠田真由美さんだ」

「だけど、その部長さん、どうしてそんなことを考えたの？」

「内東さんは、なかなか本格推理小説に対して愛のある人でね。講談社文庫の『IN☆POCKET』というPR雑誌に、スランプに陥っていた法月綸太郎さんに短編を書かせたりした情熱家でもあるんだよ。それで、毎年夏にやるミステリー・フェアのために、この競作書き下ろしを企画したんだね」

「何故、『「Y」の悲劇』なの？」

「そのアイデアを出したのは、綾辻行人さんと小野不由美さんらしい。内東さんと彼らが、京都で会談している時に浮かんできた題名だそうだよ」

「綾辻さんは、この企画に参加しなかったんだよね？」

「うん。綾辻さんも小野さんも、都合があって書けなかったらしい」

「綾辻さんなら、クイーンのファンだからピッタリだったのにね」

「うん。僕もそう思う。僕も、綾辻さんの書いた『「Y」の悲劇』を読みたかったなあ」

「それで？」

「内東さんに、どういう内容のものを書けばいいんですかって尋ねると、『「Y」の悲劇』という題名から想起されるものなら何でもかまわない。ただ、Y型の凶器が出てくるとか、Y字型の道で殺人が起きるとか、XY染色体が絡むとか、そういう安易なものはできるだけ避けてほしいということだったんだ」

「二階堂さんは、即座に執筆を約束したの？」

「いいや。正直に言うと、最初は断わったんだよ。あまり面白い企画とは思えなかったし、僕は別に、クイーンに対して同題の小説を書くほどには心酔していないからね」

「じゃあ、何で書くことにしたのさ」

「えへへ。力関係で負けちゃってね。だってだよ、天下の講談社文庫の部長からのじきじきの注文だぜ。僕のようなペイペイの作家が断われるわけがないじゃないか」

「なんだ、けっこう二階堂さんって、権力に弱い質《たち》だったんだね」

「そうなんだよ。僕は気が優しくて、力なしなのさ」

「ちぇっ。自分で言ってれば世話ないや」

「その他にも、僕は何か長編を書いている途中だったから、スケジュール的にきつかった。だから、書くに当たって条件を付けさせてもらった。他の三人の原稿が本当に入ったら僕も書きますが、それでいいですかって内東さんに言ったんだ。そうしたら、それでいいと言うんで、その企画に参加することになった」

「何故、そんな条件を付けたの？」

「これまた正直に言うとね、締め切り日までに有栖川さんや法月さんの原稿が間に合うとは思わなかったからなんだ。有栖川さんはあの頃、ものすごく忙しかったのを知っているし、ちょっと前に病気をして入院したから、仕事が押せ押せになっていた。法月さんは例によって例による、と思ったんだ。二人の原稿が落ちたら、僕は書かなくてもいいことになる。本が出なくても、こっちの責任じゃなくなるからね」

「なるほど。それで、どうなったの？」

「篠田さんがかなり早くに原稿を入れ、僕が締め切り日ちょうど。有栖川さんと法月さんは少し遅れたけど、本の刊行には何とか間に合うように入稿したよ」

「ふうん。じゃあ、二階堂さんは、そんな条件を付けたくせに、こっそり原稿は書いていたんだね」

「まあね。だって、今も言ったように、僕は臆病者なのさ。長いものには巻かれろだよ」

「意気地なしだなあ」

「──という訳で、読者の皆さん。その競作短編集『「Y」の悲劇』のために書いた作品が、この『「Y」の悲劇──「Y」がふえる』です。どうぞ、御覧ください」


（暗転）

「ヒ」の悲劇——「Y」がふえる

1

「やあ、読者の皆さん、こんにちは！　ボクの名前は武田紫苑《たけだしおん》。明るく軽く、カタカナで《シオン》と呼んでね！」

彼の若くて、躍動した声が文章の合間から弾む。十八歳。高校三年生。小柄で、たいへんな美少年。サラサラの長い髪はやや茶色で、綺麗なウェーブを描いている。色白の肌に、大きな目が印象的だ。唇もやけに赤い。少女漫画なら、フリルの付いた白いブラウスを着て、背中にバラの花束を背負って出てくるタイプである。

「ふふふ。何で、小説の登場人物のボクが、こうしてこの本を読んでいるあなたに声をかけているか、びっくりしているでしょう。でも、この話はそういう設定なんです。ようするに、最近はやりのメタ・ミステリーって奴ですね」

「おいおい、シオン。いきなり説明もなしにメタ・ミステリーなんて専門用語を使ったって、読者は面食らうばかりだぞ」

　隣にいる私は、シオンをたしなめた。かくいう私の名前は加々美《かがみ》光一《こういち》。この物語の語り手という役所である。《やくどころ》を《役所》と書くと《やくしょ》のようだ。年齢は二十一歳。東京にある如月《きさらぎ》美術大学の三年生である。

「じゃあ、どう話せばいいっていうの、加々美さん？」

「まず、僕らがどういうキャラクターか紹介すべきだろうな」

　無邪気な顔で質問するシオンに、私はしかつめらしい顔で答える。私はやや暗い性格が作者から与えられているので、そういう態度が似合うのだ。

「解った——ええと、ボクらはみんな、二階堂黎人という小説家が書いた『奇跡島の不思議』という本格推理小説の登場人物です。この本は角川書店から出ていますから、買って読んでね」

「こら、シオン。他社の本の宣伝をしてどうするんだ」

　私は拳骨で、軽くシオンの頭を叩いた。

「テヘッ」

　と、シオンは可愛く舌を出す。

「それに、シオン。本屋で売っている普通の『奇跡島の不思議』では、僕らはこんな風に読者に直接語りかけたりしないぞ。ちゃんと、物語の中の一人物として人格が与えられているんだから」

「うん、そうだったね。これはね、『奇跡島の不思議』の別バージョンを読まないと解らないことだった。こっちは、二階堂黎人自身が運営している『二階堂黎人の黒犬黒猫館』というウェブサイトに収録されているんだった。URLアドレスは、《http://homepage1.nifty.com/NIKAIDOU/index.html》だよん。細かいことを知りたかったら、そっちを見てね」

「ねえ、ねえ、何してるの、加々美さん、シオン！」

横から、蝶々が舞うようにスキップしながら出てきたのは、武田留美子《たけだるみこ》だった。絵に描いたような美少女風の女性で、やや舌足らずの声でしゃべる。

「ああ、ルミちゃん。ボクたち、読者にこの短編小説の状況説明をしているところなんだよ」

シオンが自分の従姉に答えた。

「だったら、言い忘れていることがあるわよ。あたしたちみんな、芸術研究サークル《ミューズ》に所属しているんでーす！」

ルミ子は満面の笑みを浮かべ、読者に媚《こ》びを売るように小首を傾げて見せる。それが彼女のお得意のポーズで、自分が一番綺麗に見えると思っているのだ。

私は読者に言う。

「ルミ子は、僕と同じ大学の二年生なんだよな。だけど、とてもそうは見えない。小柄で、顔立ちも幼いからさ。大きな潤《うる》みがちの目と長い睫毛《まつげ》。唇は熟れたイチゴのよう。笑うと頰にえくぼができる。髪は背中まで伸ばした巻き毛で、あちらこちらに赤い小さなリボンが結んであるんだ。それに、服装はピンクハウス系のロリータ・ファッションだ。レースやフリルやキルティングや花飾りがふんだんに付いている。それと、いつも持っているバスケットには、小さなクマの縫いぐるみが入っている——どう、ルミ子。君の説明はこんなところでいいかな」

「いいわ！」

「他には、誰が出てくるの？」

と、シオンが左右を見回す。

「俺さ」と、すぐさま答えたのは、《ミューズ》の部長だった。「麻生真梨央《あそうまりお》だよ。大学四年生。落ち着いて思索的な性格だ」

「麻生さん！」と、シオンがはしゃぎ声で言う。「容姿のことも言った方がいいよ。その方がキャラが立つから」

「そうだな」真梨央は銀縁メガネの奥で切れ長の目を細め、この頁を読んでいる読者の方をまっすぐ見た。「でも、俺は自分で自分のことを言うのは恥ずかしいな——加々美、頼むよ」

「いいですよ。ええと、麻生さんは、非常に痩せていて背が高いんですね。肌が白くて、髪の毛の色が栗色をしているのは、おじいさんがイギリス人だったからです。顎の長い顔は彫りが深く、目鼻立ちは非常にはっきりしています。ちょっとジョン・レノンに似たところがありますね」

ルミ子が自分の腕を真梨央の腕に絡《から》め、

「麻生さんは、一浪しているのよね！」

と、言わずもがなのことを言う。

「うん、まあな」

「いろいろ事情があるんだよ」

と、シオンが口を出す。

「これで終わりか？」

と、私が周囲を見回すと、

「……あのお、すみません。おいらも出ていいでしょうか」

私の後ろで、弱々しい声が聞こえた。振り返ると、背中を丸めた木田《きだ》純也《じゅんや》が立っていた。通称《ダルマ》。渾名のとおり、丸顔でかなり太っている。

「遠慮しないで、自己紹介しろよ」

「は、はい」

木田は、牛乳瓶の底のような厚いレンズのメガネをかけている。髪は七三に分けた直毛。前髪は長い。色白で太っている上、背が低く、やや愚鈍な印象は免れない。灰色のよれよれのTシャツに、ガボガボのGパンを履いている。

「おいらは、大学一年生で、好きなものは、アニメとミステリーとラーメンです……これでいいですか、加々美さん」

「いいよ」

「他にはいないか」と、真梨央が確認する。「――返事がないから、いないようだな。すると、俺――麻生真梨央と、加々美光一、武田留美子、武田紫苑、木田純也の五人が、この短編の登場人物か」

「ずいぶん少ないね！」と、シオンが声を張り上げる。「『奇跡島の不思議』の時には、この倍は仲間がいたじゃない！」

「短編だからいいのよ、シオン」と、ルミ子。「たくさん登場人物がいたら、作者が書き分けるのにたいへんじゃないの」

「そうだよ、シオン」と、私。「だいたい、二階堂黎人はトリックを書くのは大好きだけど、人間を描くのは虫酸《むしず》が走るくらいに大っ嫌いなんだからな」

「単に面倒臭いだけじゃありませんかね」と、木田が指摘する。「だいたい、人間が書けない作家に限って、そういうことを言うんです。逆に、トリックを考えられない作家に限って、ミステリーにトリックなんかいらないって言うんですよ」

「まあ、本音はそういうところなんだろうな」

と、真梨央が大袈裟に肩をすくめる。

「そうするとさあ」と、シオンがみんなの顔を見た。「これって殺人が起きる推理小説でしょう。それも、二階堂黎人のことだから、密室殺人が起きるような。そうだとしたら、誰が殺されて、誰が探偵役をやるの？」

「殺されるのは俺さ」と、真梨央があっさり言った。「俺が死体になる役だ」

「えっ、麻生さんが！」

と、シオンが言い、

「いやーん」

と、ルミ子が首を左右に振る。

「本当さ。たった今、作者が決めたからな。それに、俺は肺活量が多いから、息を止めて、死体の振りをするのがうまいぞ」

「でも、麻生さん。どういう風に死ぬんですか」

と、私は少し恐れながら尋ねた。親しい彼の死など、けっして望んではいないからだ。

「それはもうすぐ解るさ。その前に、俺たちがいる場所——密室殺人の舞台——を、読者に説明しておいた方がいいだろう」

「まあ、麻生さんがそう言うのなら、それでもけっこうですが……」

「そういえば、ここって、どこ？」

シオンがキョロキョロした。

「変な部屋」と、ルミ子もまわりを見て顔をしかめる。「普通の部屋じゃないわ」

「そうだね」

私は相槌を打った。

真四角の部屋だった。壁の一辺は十メートルほど。天井までは三メートル近くあるから、かなり高い。照明はパネル式のものが四つあって、柔らかな光を放っていた。

部屋の中央には、八人掛けのテーブルと椅子があった。丸いテーブルで、中央部が回転するようになっている。要するに、高級中華料理店にあるような奴だ。家具類は、これしか見当たらない。

「——ドアが三つあるわね、加々美さん」

ルミ子が右手の壁、正面の壁、左手の壁と、順番に指さした。それらには、それぞれ①、②、③、と書かれたシールが貼ってある。

シオンは腕組みして首をひねり、

「何だか、潜水艦の気密ドアみたいな感じだね」

彼の言うとおりだった。ドアは壁と一体化した感じで、素材も同じ。しかも、見た感じからして、ひどく頑丈そうだった。

私はまず右手の①のドアに手をかけた。中を見るとそこはユニット型のバスであった。プラスチック製で、風呂とトイレが一体になっているタイプである。便器は洋式だった。天井に吹き出し口があるので、衣類の乾燥もできるのかもしれない。

左手の③のドアは、木田があけようとした。しかし、こちらは錠が下りていてあかず、びくともしなかった。

「だめですね。開きませんよ」

彼はがっかりしたように言った。

正面の②のドアは、私が確かめた。これもあかない。すると、真梨央が首を横に振って、それと反対側の壁を指さした。

「いいや、ドアは全部で四つあるんだ。後ろの壁に造り付けの鉄梯子があるだろう。その真上の所を見てみろよ。天井に丸いハッチのようなものがある。あれもドアなんだ」

シオンは口を尖らせ、

「ずいぶん変な部屋だね。天井に出入り口があるなんて」

「本当ですね」と、木田がドングリのような目をしばたたく。「でも、もっと変なことがありますよ。それは、天井や壁やドアの色が全部銀色だということです――これはどうやら、ステンレスかジュラルミン製のようですね。しかも、この部屋には窓が一つもないじゃないですか」

部屋の模様は彼の言うとおりである。ただし、床だけは焦げ茶色のフローリングだった。

真梨央は小さく微笑むと、

「それだけの情報があれば、もうここがどこか解るんじゃないのか」

と、私たちを試すように言った。

「どこって？」

シオンは怪訝な顔をした。

木田がハッとした顔をし、拳で手のひらを打った。

「解った！　ここは地下ですね。つまり、この部屋は地下に埋設されているんです！」

「そうだ。ここは核シェルターの中さ」

真梨央の返事に、私たちは心からびっくりした。シオンやルミ子などは、文字通り目を丸くしている。

2

「……そうですか、これが核シェルターというものですか。初めて実物を見ましたよ、麻生さん」

私は感心して、あらためて殺風景な部屋の中を見回した。これで、あの分厚いドアの意味も理解できる。

「俺だって初めてさ。だが、密室殺人が起きるとすれば、密閉度という点で、これ以上ふさわしい所はない。たとえ原爆や水爆が爆発して放射能が降り注いでも、中にいる人間には影響がないんだからな。それほど、頑丈な素材で周囲を取り囲まれているというわけさ。犯人は、その堅牢な密室に対して挑まなければならない。無論、力ずくという意味じゃない。頭とトリックを行使してここに出入りし、殺人を犯さなければならないんだよ」

するとと、シオンが猿のようにするすると鉄梯子を登り、ハッチのレバー型をした取《とっ》手《て》に手を伸ばした。

「ねえ！　このハッチ、しまっていてあかないよ！　鍵がかかっている！　取手もぜんぜん動かないや！」

「ということは、おいらたちは、ここに閉じこめられているんですね。岡嶋二人の『そして扉が閉ざされた』みたいに」

と、木田が冷静を装って分析した。

「じゃあ、あたしたち、ここから一生出られないのお、加々美さん？」

と、ルミ子が私に寄り添い、心配そうに言う。

シオンが降りてくるのを待って、真梨央が口を開いた。彼は細いメガネの縁に神経質そうに手をやり、

「大丈夫だ。空調は動いているし、電気も通じている。台所の方に食料もたっぷり備

蓄されている。それに、明日の朝になったら、そのハッチがあいて、俺たちは——君たちは、ちゃんと外へ出られることになっているんだ」

「どうして解るの？」

「ここを見てごらん」

真梨央は鉄梯子の左手を指さした。そこに、何やら細かいスイッチや液晶のディスプレイが埋め込まれた小さなパネルがあった。

「ほら、日付と時間が液晶に表示されている。上が現在の時刻で、下がセットされた時刻だ。もちろん、ドアがあく時刻さ。明日の午前零時になっているだろう」

「ホント！　良かった！」

ルミ子が飛び上がって喜ぶ。

木田が自分の腕時計に視線を落とし、

「今は、五月二十八日の午後零時十分ですね。そうすると、おいらたちは、あと十二時間もここにいないといけないんですかあ」

「でも、半日我慢すれば、外に出られるってことでしょ？」

シオンが誰にともなく尋ねる。

「そういうことだ」

真梨央が小さく微笑んで返事をした。

「しかし、麻生さん。あなたは出られないのですね……」

私は、少しだけ悲しい気持ちになって言った。

「ああ。仕方がない。俺はこれから死ぬんだからな。この厳重な箱形の部屋の中で、奇妙な殺人が起きる。その犠牲者が俺だ。俺が誰かに殺されるから、君たちは——ということは、読者が——犯人当てと方法当てをしなければならないんだよ」

「ええ⁉」と、シオンが不満顔で言う。「じゃあ、ボクたちの内の誰か一人が犯人なわけ？」

だが、木田が訳知り顔で、

「いやいや、そうとは限りませんよ、シオン君」

と、横から口を出した。

「どういうこと、ダルマさん？」

「これはメタ・ミステリーなんですよ。そう君が、最初に読者に向かって宣言したじゃありませんか。メタ・ミステリーというのは、ようするにその虚構のテキスト（本もしくは小説）を、それを読んでいる読者が属する現実の中に取り込むものです。つまり、物語を読んでいる読者や作者が物語中の殺人の犯人であっても、ちっともおかしくないんです」

「変なの」

「変でも、そういう暗黙のルールになっているんですよ」

「あたし、嫌」と、ルミ子が顔を背ける。「絶対に嫌！　犯人になりたくないし、麻生さんが死ぬのも嫌！」

「そうは言っても、作者が決めたことですから……」

「待ってくれ」と、私はこめかみに指を当て、思案しながら言った。「これがメタ・ミステリーだとすれば、何も犯人を僕たちの中に限定する必要もなくなる。僕らは物語の設定に縛られるが、これを読んでいる読者はその設定の外にいるわけだから何事にも拘束されない。読者は、密室状態の部屋の中を文章を通じて自由に覗き込んでいるわけなので、手を差し入れることだってできる――これは比喩的表現だぞ――そして、麻生さんを殺そうと思えばできるんだ」

「どうやって？」

「たとえば、この本の文字の上にインクを垂らすというのはどうだい。麻生さんの《麻生》という字の上をマジックで消すとか。そうすれば、麻生さんは死んだことになるんじゃないか」

「な、なるほど！」と、木田が目をパチパチさせて言う。「それは面白い考えですね！」

「ははは」と、真梨央が苦笑いをした。「大丈夫だ。そんなことは心配しなくていい。今回ここで起こる殺人は、ちゃんと物語の中で閉じている。小説外の要素はまったく気にしなくていいんだ。俺が死ぬための条件は、しっかり手がかりとして、文章の途中に埋め込まれているからな」

私は少し思案して、

「でも、その前にもっと重要な問題がありますね。何で、作者の二階堂黎人が、この短編を書いているかということです」

「ああ、それか――この短編がどういう題名か、お前、知っているか、加々美」

私は短編の表紙の文字を読み、

「『「ｒ」の悲劇――「Ｙ」がふえる』って書いてありますね」

「『Ｙの悲劇』と言えば、作者は誰だ？」

答えたのは、推理小説ファンの木田だった。

「そりゃあ、エラリー・クイーンに決まっていますよ。『Ｙの悲劇』は古典中の古典ですから。これを読んでいなかったら、もぐりですね」

真梨央は顎に手を当てて頷き、

「それでだ、講談社の文庫出版部の部長である内東裕之（仮名）という人が、『「Y」の悲劇』という題名で統一した書き下ろし競作アンソロジーを、文庫で刊行することを思いついたんだよ。執筆者は、有栖川有栖と法月綸太郎、篠田真由美、そして、二階堂黎人なんだ」

「有栖川有栖と法月綸太郎はクイーン・ファンで有名だから解りますが、どうして篠田真由美と二階堂黎人が。二階堂黎人は、ディクスン・カーの大ファンとして有名な作家ですよ」

真梨央は苦笑いをして、さらに長い首を傾げ、

「それは、内東部長に訊かなくては解らないな。俺が決めたんじゃないんだから。ただ言えるのは、内東部長は本格推理小説にも愛情を持っていて、なかなかの理解者でもあるってことさ。それに、思いがけない人が書くから、アンソロジーとして面白いんじゃないのかな」

「それで、麻生さん？」

と、ルミ子が興味津々の顔で催促する。

「それだけだよ、ルミ子。短編執筆を内東部長から依頼された二階堂黎人が、この短

編を書こうと思いついた。そして、実際に書いている。だから、俺たちが登場人物として物語中に出ている——それが、虚構内での現実というわけさ」

「解りました」

私はあまり納得できなかったが、とりあえずそう言った。作者の意向に反抗したところで、我々に勝ち目はない。

「——それで、事件はいつ起こるんですか」

「もうじきさ。だが、慌てることもない。まだ君たちに紹介しておかなければならないことがある」

「何ですか」

「殺人現場のことだよ」

3

「殺人現場?」私はますます不安な気持ちになり、繰り返した。「だって、麻生さん。たった今、この核シェルターの中が殺人現場だって言いませんでしたか」

「そうだったかな。いいや、確か俺は、ここが密室になると言っただけじゃなかったかな――まあ、いい、作者がいい加減なんだ――とにかく、こっちに来てくれないか」

真梨央はそう言い、私たちを、②番のドアまで案内した。それはさっき開かなかったものだ。彼はズボンのポケットから鍵を一つ取り出した。

「これは電子キーだ。この世の中にこれ一つしかない。他に合い鍵はないんだ」

確かに変わった形をしている。普通のシリンダー錠の鍵だったら、先端がギザギザしているが、これはまっすぐな平たい板のような感じになっていて、そこに丸いかすかなへこみがいくつか並んでいるのだ。

真梨央は、その鍵を鍵穴に差し込んだ。そして、黒いプラスチックのつまみ部分にあるスイッチを押すと、ピッという電子音がして、錠前の中でガチャという何かがはずれる金属音がした。

真梨央がレバー状の取手をひくと、今度はドアがあいた。気密性の高いドアなので、やや粘着質な開き方をした。

「さあ、こっちにもう一つ部屋があるから来てくれ」

私たちは、ドアをくぐり、隣の部屋に入った。家具類は何もない部屋だったが、

「わあ、なあに、これ！　すっごい！」

と、真っ先にルミ子が声を上げた。

「本当だ！　びっくりだあ！」

シオンが同じように叫ぶ。

そして、二人して、正面にある大きな窓まで駆けていった。それは、厚い二重ガラスのサッシ窓で、床から天井間際まであるような物だった。

「麻生さん？」

私が振り返って言うと、彼は落ち着き払って頷き、

「ああ、この部屋は展望室になっている。その窓からは、大海原が眺められるというわけだよ」

「外へ出ていいよね！」

言い終わらない内に、シオンが二枚ある窓ガラスの片側をあけ、外の小さなテラスに出た。危険防止のためステンレス製の手すりがあるが、彼はそれにつかまって身を乗り出した。

「うわあ！　ここって、断崖の上じゃん！」

「きゃあー！　下、見て、下！　こわーい！」

シオンとルミ子が口々に騒ぐ。

私たちも、テラスに出てみた。さわやかな潮風が私たちを取り巻く。そうなのだ。私たちの目の前には、紺碧の海が広がっていた。しかも、我々が立っている場所は、海面からかなりの位置にある。いや、恐ろしく高い場所だと言った方が正確だろう。

「す、すごいです」と、私の横にいる木田が感動して言う。「こんな美しい景色を見たのは久しぶりですよ、加々美先輩」

彼の言うとおりだった。どこまでも透き通った青空。燦々と輝く太陽。所々に浮かんだ真っ白な雲。果ての見えない青い海——まさしく絵に描いたような絶景である。それが、手すりの向こう、眼下に広がっているのだ。

私は感動と感情を抑え、部屋の中に戻った。そして、冷静にこの部屋を観察した。大きさは、さっきいた部屋の二分の一である。隣の核シェルターをちょうど真ん中で半分に切った感じで、横に広い。

「麻生さん。この壁はどういうことですか」

私はぐるりを見回して言った。壁も天井も、ゴツゴツした暗灰色の石壁になっている。石灰石の岩だった。床のみ、核シェルターと同じ焦げ茶のフローリングになっている。

真梨央もテラスからこちらに戻り、説明を加えた。

「ここは、陸中海岸の陸地から十キロほど離れた海の上に浮かぶ、小さな孤島さ。無人島だよ。そこの断崖絶壁の途中に、この展望室が作られ、その奥には、核シェルターが設置されているわけだ。ここは海面から二十メートルほどの高さの所だ」

そう言えば、海の上を、多数の海鳥がさかんに飛んでいるのが見える。白っぽくて、羽根が長い。カモメかアホウドリだろうか。ギャアギャアとやたらに鳴いていてうるさいほどだ。

私は尋ねた。

「つまり、こういうことですか。断崖のすぐ際、地面の下にある岩場を四角くくり抜いて、そこに部屋を作ったと?」

「そうだよ。ここは地上から十メートルほど地面に潜った場所だ。そこに核シェルターを埋設して、さらにその横に、断崖に面した展望室を作ったというわけだ」

「ねえ、ねえ、加々美さん！　素敵！　ほら、イルカも泳いでいるわ！」

ルミ子がはしゃぎ、こちらを振り向く。

輝く白波をかきわけるように、数頭のイルカが水面を飛び跳ねているのが見えた。ちょっとした感動を、私も覚えた。

「シオン、あっちの方の水平線の所を見て、見て！」

「なあに、ルミちゃん？」

「あの辺だけ、ちょっと色が濃いけど、陸地かしら」

「うん、そうかも！」

シオンとルミ子は、手すりに張り付き、外の景色を夢中になって見ている。

私ももう一度、彼らの後ろからあたり全体を望む。目の前を海鳥が悠然と飛行していて、手を伸ばせばつかまえられそうだった。眼下を見ると、波が岸壁に当たって砕け散っていた。海の果てはゆるやかな曲線を描いている。何もかもが吸い込まれそうな迫力があった。

木田が、もっさりとした声で質問をした。

「それにしても、何で、こんな展望室があるんですか、麻生さん？」

「それはな、リゾート用として売るためさ。この核シェルターは、バブル経済の時に造られたんだ——これを見てくれ」

と、真梨央はポケットから一枚の写真を取り出した。

「これが、この島を、上空から撮った空中写真だ」

私たちは、彼の前に集まり、彼の出した写真を覗き込んだ。

「変な形の島」

と、シオンが言った。

「ずんぐりした《Y》の字ってとこね」

と、ルミ子が指摘する。

私にはむしろいびつなハート形に見えたが、そう言われればそんなふうでもある。一面に緑が濃いから、島のほとんどが密林のようだ。海岸沿いだけが茶色くなっているのは、断崖がこの島を取り巻いているからだろう。

「そうだね、ルミ子。確かに《Y》の字のようだ」

と、真梨央が優しく言う。

「そ、そうすると」と、木田が眉をひそめて言った。「この島で殺人か何かが起きると、《Yの悲劇》ってことになるわけですね」

「そういうことだ」

「ねえ、それって、少し安易じゃないの?」シオンが不満顔をする。「いくらクイーンの『Yの悲劇』にちなんで、《Y》をテーマに競作するって言っても」

私は肩をすくめ、

「作者はそれぐらいしか思いつかなかったんだろう」

と、投げやりに言った。どうせ、苦労するのは私ではない。

真梨央は小さく咳払いをし、注目を自分に集め、

「その作者が、一生懸命考えた設定はこうだ」と、前置きした。「――ここは海鳥の営巣地として知られている島でね、正式には《海鳥島》って言う名前がある。そこを、核シェルターの製造会社であるIPMっていう鉄鋼業者が十年前に買い取ったんだ。そして、自社の核シェルターを、断崖沿いに十二個埋設する計画で売り出したんだよ。しかし、ただ売ったんではは、こんな辺鄙《へんぴ》な場所はなかなか売れない。そこで、展望室も付けて、リゾート気分も味わえますという売り込みをしたんだな」

「で、売れたんですか」

私は半分あきれながら言った。

「いいや、ぜんぜん売れなかった。しかも、バブルがはじけたから、結局、この見本用の核シェルター一個だけしか造られなかった。まあ、今回作者は、それを利用して、本格推理小説の舞台にしようと思ったわけだ。それで、核シェルターの中には生活用品がまるでないんだよ。ベッドすらなかっただろう？」

「そう言えばそうですね。長期滞在を想定したものではありませんね」

すると、木田も腕組みして、

「なるほど、おいらもよく解りました」

と、深く頷いた。

「本当に、解ったの、ダルマさん」

シオンが、彼の丸い顔を覗き込む。

「もちろんですよ、シオン君」

木田はすまし顔で答える。

「あたし、よく解んなーい」

と、ルミ子は口を尖らせた。

私は、真梨央の顔をつくづく見て、

「しかし、麻生さん。ここが殺人現場であるというさっきの話はどういうことですか。麻生さんは、この展望室で死ぬことになるんですか」

「まさか、テラスから落っこちるんじゃないよね！」

と、シオンがギョッとした顔で叫ぶ。

「騒ぐなよ」と、真梨央は落ち着いた声で返事をした。「その時になれば、みんなにも解る。俺の生死は運命で決まっているんだ」

「でもお……」

と、ルミ子が泣きそうな顔で言う。

「とにかく、向こうの核シェルターか、この展望室が殺人現場となることは間違いない。作者がそう決めたんだからな」

「では、もう一つのドアはどうなんです？　あのあかなかった③のドアは？」

　と、木田が指摘した。

「ああ、あれか。あれは関係がない。あれはただの台所だからな。今回の殺人の謎からは除外していい。だから、今現在は鍵がかかっていてあかないようになっている。事件が起きた後、お前たちも、読者も、密室の謎から、台所という要素は除外していいんだ。これは、作者が宣言しているから確かなことだ」

　私はまだ腑に落ちず、質問した。

「でも、麻生さん。どうして台所の中が見られないんですか」

「それはだな――」と、彼は答えようとして、気が変わり、「まあ、核シェルターの中に戻ってから話してやるよ」

　と、先に立って、ドアの方へ向かった。

　私たちはまた、あの何となく圧迫感のある核シェルターの中へ入った。新鮮な空気が吸いたかったので、私たちは展望室へ通じるドアをあけたままにした。そうしていると、潮の香りのする空気と、海鳥の鳴き声がここまで届いた。

「さあ、話してください、麻生さん」

私は催促した。

真梨央はゆっくり目をつぶり、開くと、

「別にたいしたことではない——お前たち、台所は何のためにあると思う？」

「そりゃあ、食事を作るためです」

「そうだ——で、誰が作る？」

「僕たちですか？」

「いいや」と、彼は意味ありげな目をして、首を横に振った。「違うんだ。ちゃんと、台所の中にはコックがいるんだよ」

「コック！」

私たちは異口同音に叫んだ。

それほど、意外だったのだ。

「コックがいる？」

私は目を丸くし、再度尋ねた。

「そうなんだ」

「誰、誰!?」

と、シオンが興味津々で顔を突き出し、質問した。

「ええ、知りたいわ！」

と、ルミ子も目を輝かせる。

「おいらたちの仲間ですか。《ミューズ》で今回顔を見せていないのは、榊原忠久《さかきばらただひさ》、日野原剛《ひのはらつよし》、加嶋友美《かしまともみ》の三人ですが」

「彼らじゃない」と、真梨央は断言した。「――まあ、いいじゃないか。それも後でちゃんと解ることになるんだから」

「何もかも謎なんですね」

と、私は顔をしかめた。

「そうさ。だが、これから起こる密室殺人事件の方がもっと不可解な謎となる予定だ。コックの正体なんて、それに比べたらどうでもいいことだよ」

「ねえ、麻生さん」と、シオンが疑り深い目で言う。「まさか、その謎のコックが犯人になるんじゃないよね」

「ああ、違うさ。それは誓ってもいい。コックはまったく無関係だ」

「でも、納得いきませんね」と、木田が小さな目を、メガネの奥でパチクリさせながら言った。

「何で、犯人でもないコックをわざわざ作者は用意したんです？」

　真梨央はすました顔で、

「それはだな、今も言ったとおり、俺たちの食事を作るためだ。ただし、単なる食事じゃない。これから俺たちが食べるのは、とびっきりスペシャルな料理だ——おまえたち、腹は減ってないか」

「そういえば、昼飯を抜かしたのか、ペコペコです」

と、木田は太って膨れた腹を手でさすった。

「ルミ子も！　お腹すいちゃった！」

「ボクもだ！」

「そうですね、僕も何か食べたい気分です」

ルミ子とシオンの声に、私もその気になってきた。

　私は期待感を込めて、

「麻生さん。そのコックは何を作ってくれるんですか。僕らの注文を聞いて作ってくれるとか」

「ボク、絶対にカレー！」

「何よ、シオン！　スパゲッティの方がおいしいわよ！」

ルミ子とシオンは、顔をつき合わせて言い合う。

「だめだ」と、真梨央が二人の間に入り、引き離した。「献立はもう決まっているんだ。変更は利かない。素晴らしい料理が出てくることになっているから、おとなしくしていろ」

「何なんですか、その献立って？」と、木田も涎を垂らしそうな顔をして言う。「ここにあるテーブルからして、もしかして、中華料理ですか」

真梨央は長い顎を撫でながら、

「とにかく、椅子に座ってくれ。献立を発表するから」

私たちは、彼の言うとおりにした。

真梨央は後ろ手に手を組み、私たちの顔を見回した。

「では、発表しよう——今日の御馳走は、今、ダルマが言ったとおり中華料理だ。ただし、単なる中華料理ではない。究極の中華料理だ」

「究極の？」

私たちはびっくりして、彼の顔を見上げた。

「そうだ。その究極の中華料理とは、お前たちも聞いたことがあるだろう——《満漢《まんかん》全席《ぜんせき》》という奴だよ」

4

「満漢全席いいいぃいぃいぃいいいい!?」

私たちは大声を上げ、シオンなどは思わず椅子から飛び上がったほどだ。

「それ、本当なの、麻生さん？」

「ああ、本当さ、シオン。嘘なんか言っても仕方がない」

「ステキ！　でも、太っちゃうかしら」

と、ルミ子が、座ったまま自分の体を見下ろす。

「どうだ、すごいだろう。核シェルターの中で満漢全席が食べられるなんてさ」

いつもは冷静な真梨央が、少し興奮気味に言った。

私は深呼吸をし、まず心を鎮めた。そして、

「麻生さん。確かにすごい話ですね。でも、何で満漢全席なんですか。それって、ものすごい高級メニューだし、しかも、たいへんな量が出てくるんでしょう。僕らが全部食べるんですか」

「もちろんだ。できるかぎり食べてもらう。そうでなければ、コックが気を悪くする

よ」

と、真梨央は答え、また意味ありげに微笑んだ。

木田は前髪を神経質にかき上げながら、

「おいらが知っている限りでは、本物の満漢全席は、もう中国でもほとんど見られないはずですが」

と、疑問を呈した。

「それはそのとおりだ。だから、中華街なんかの高級中華料理店で出る簡易的なメニューを再現してもらうつもりだ。それだって、まじめに食べたら一日がかりだぞ」

「あ、ボク、知ってる！」と、シオンが手を上げて言った。「昔の満漢全席って、三日がかりで食べたんだよね。しかも、お腹がいっぱいになると、わざわざ吐いてまで食べたって聞いたよ」

「えー、汚ーい。ルミ子、そんなの嫌！」

「別に、ルミちゃんにそんなことをしろって言ってないだろ」

「言われたって、しないわよ」

二人は目をむいて言い合った。

木田が、小さく咳払いをすると、

「――では、皆さん。おいらが満漢全席に関する蘊蓄を披露させてもらいましょう。満漢全席とは――」

「何で、木田さんがそんなこと知っているの？」

と、すぐにシオンが横やりを入れる。

私はやれやれとため息を吐き、

「シオン。お前、まだ状況がよく解っていないようだな。つまりだ、作者が担当編集者に頼んで、満漢全席の資料を集めてもらったんだよ。だから、それを使わないともったいないのさ」

「そうですよ、シオン君」と、木田はやや得意気に言った。「おいらは、そのための重要な説明役を仰せつかったというわけです」

「そう。じゃあ、いいよ。だけど、手短にね」

木田は了解という印に頷く。太って肉の余った顎が二重になった。

「満漢全席はですね、中国五大民族の内、満族の料理百八種類、漢族の料理百八種類を、それぞれ満席、漢席の場で味わうもののことを言うんですよ。その時には、満族と漢族の衣装を着たり、調度を調《ととの》えたりまでするそうです。この大祝宴は二日から三日かけて行なわれますが、食事だけが続けられるわけではなく、観劇、囲碁、作詩、双六などをして楽しむことも含まれます。当然、祝宴ですから、酒もふんだんに振る舞われます」

「そのとおりだ」と、真梨央が頷き、「この贅沢な宴会の席はな、清朝の全盛時代に盛んに行なわれた宮廷料理で、現在は《大漢全席》とも言うそうだ」

私は嬉しい反面、怖い気持ちもあって、

「麻生さん、本当に、そんなにたくさんの料理を僕たちは食べるんですか」

「いいや。実際には三日間の祝宴なんてできないから、今日は《三畳水席》という簡略化されたコースを出す。それでも、料理の数は二十品以上になるから、相当なものだぞ」

それを聞いて、木田が急に真梨央の顔を見上げた。そして、気がかりなことがあるように、

「――麻生さん。もしかして、この満漢全席も《Yの悲劇》と何か関係があるんですかね」

と、質問した。

「ほう。何かとは何だ、ダルマ？」

真梨央の方も、何かを警戒するように言う。

木田は全員の顔を見回しながら、ゆっくりと、

「たとえばですよ。おいらたちが腹一杯に中華料理を食べたとしますよね。当然、腹が大きく膨れます。で、一時的に太って、Y体のワイシャツが着られなくなってしまうとか――それで、《Yの悲劇》ってわけですよ」

「ダルマさん。Y体って何？」

と、シオンが形の良い目を見開いて、木田に訊き返した。

「紳士既製服の体型表示の一種ですよ、シオン君。他には、A体、B体、E体などもあります。Y体はお腹の出ていない細身の体型で、やせ型とも言うんです」

「じゃあ、ダルマさんは違うね。ボクか加々美さんぐらい？」

「僕も無理だな」

私は自分の腹を見下ろして言った。太っているわけではないが、そんなに痩せているわけでもないからだ。

すると、真梨央が小さく含み笑い、

「ふふふ。そんな心配はいらないよ。確かに、お前たちにはおいしい物をたらふく食べてもらうつもりだが、そんなことが目的じゃない」

「じゃあ、何ですか」

私が言うと、真梨央は目を細め、

「まあ、いいじゃないか。食べたら解ることさ」

「あ、もしかして、ボクたち、食べ過ぎで胃袋が破裂して死ぬんじゃないの。それで、凶器なき殺人とかさ」

と、シオンがキョロキョロと全員の顔を見た。

「違うね」と、真梨央は即答した。「死ぬのは俺だって言っただろう。さあ、もう質問は終わりだ、シオン。今からあれこれ勘ぐったら、この先、本当に事件が起きた時に、読者がいろいろ考える楽しみがなくなっちゃうじゃないか」

「あ、そうだね、ごめんなさい」

シオンは素直に頭を下げる。

「席に着いてくれ」

真梨央に指示され、私たちは丸テーブルに腰を下ろした。椅子は八つあったので、一つおきに座った。位置は、②のドア——展望室へのドア——を背にした位置に私、それから時計回りにルミ子、シオン、木田という順番だった。

それを確認した真梨央は、③のドアをノックした。すると、中から錠前がはずれる音がした。

「飲み物はジュースとウーロン茶しかないぞ」

と、彼は言い置き、その中に素早く滑りこんだ。ドアの隙間から中が少し見えたが、その範囲内には、天井まであるステンレス製の本格的な食器戸棚があった。すでに調理は始まっているらしく、中華鍋で炒め物をする音がした。また、いい匂いもする。

真梨央はすぐにワゴンを押して戻ってきた。オレンジ・ジュースとウーロン茶の缶をみんなに配る。私たちは、まず乾杯をした。その間に、真梨央はまた台所に行き、今度は前菜が盛られた大皿を取ってきた。

「俺はチャイナ服を着た色っぽい女性ではないが、その点は我慢してくれよ」

私は真梨央の冗談に笑い、

「解ってますよ。そんなに背の高いウエイトレスじゃあ、気持ち悪いじゃないですか」

「そうか——いいか。みんな、遠慮なく食べまくってくれよ」

「麻生さんは食べないの？」

と、ルミ子が箸を取りながら尋ねる。

「ああ、俺はいいんだ。台所でつまみ食いをするから」

それから、真梨央は台所とテーブルを何回となく行き来をし、料理と飲み物と皿を持ち運んだ。その度に、皿の山が築かれ、私たちの胃袋は確実に膨れていった。前菜が四品、大皿が三品、小皿が三品、碗が二品、季節の点心が四品……といった内容である。

さすがに、料理は本格的な内容だった。素材も味も見栄えも文句の付けようがない。専門のコックが作っているだけのことはある。私は心の中で、作者の粋な計らいに感謝した。小説の登場人物とはいえ、人格が与えられている以上、嬉しいことにはすなおに嬉しいと思う感情があるのだ。

真梨央は皿をテーブルの上に置く度に料理の名前と材料を言った。中国語の発音はよく解らなかったが、「猫の耳の形をした小さな具の入ったスープ」とか、「香草入りの小籠包《しょうろんぽう》のスープ煮」とか、「ツバメの巣のスープ」とか、「牛尾狸の醬油煮込み」とか、「駱駝《らくだ》の蹄《ひづめ》と川蝦のむき身和え」とか、「スッポンの甲羅の骨のまわりのゼラチン部分」とか、「フカヒレとナマコとアワビとカエルと貝柱と魚の浮き袋などの羹《あつもの》」とか、「クマの掌の甘辛煮」とか、「シカのアキレス腱の揚げ物」とか、「佳魚のクリームソース和え」とか、とにかく、覚えきれないほどの料理が供されたのである。

二時間も経った頃、私たちはもう食べ過ぎで腹が苦しくなっていた。それでも、料理はつきることなく運ばれてきた。途中、外からの風が強くなったので、真梨央がテラスの窓をしめた。

「――麻生さん、ボク、もうだめ！」

と、最初にシオンが音を上げた。

「あたしも。ルミちゃん、死んじゃう！」

ルミ子もげんなりした顔で言った。

全員が椅子の背凭《もた》れに体を預け、丸くなった腹を突き出し、苦しそうにフウフウ言っている。

私は、新しい皿を運んできた真梨央に訴えた。

「麻生さん、少し休ませてくれませんか。もう食べられませんよ」

「何だ、だらしがない。まだ全コースの三分の一ぐらいだぞ」

「休憩を入れましょうよ。お願いです」

「他の者はどうだ――おい、ダルマ。お前ならもっと食べられるだろう」

木田は力ない顔をして、首を横に振った。

「お、おいらももうだめです。食べ過ぎたくらいです。最早、水の一滴も入りませんん」

それはたぶん本当だった。というのも、木田は私たちの倍くらいの量を自分の皿に盛って、料理を食べていたからだ。

真梨央は少しがっかりした顔で、

「よし、解った。それじゃあ、仕方がない。ひとまず休みにしよう。その代わり、お前たちにチェックを入れるぞ」

「チェックって何です？」

私は、げっぷが出てくるのをこらえながら言った。

「お前たちが、本当に腹一杯食べたか調べるのさ——ちょっと待っていてくれ」

真梨央は台所に取って返すと、今度は、何やら非常に大きな機械を押してもってきた。台座にキャスターが付いているので、何とか彼一人でも運べたのである。

「何、それ⁉」

と、シオンが目を丸くして言う。

真梨央はそれを私たちの前に据え付け、埃を払うために手を叩いた。

「これか——これはな、磁気共鳴型の新型レントゲン装置だ。これで、お前たちの胃袋の中を調べてやる。本当に、腹が一杯で、これ以上料理を食べられない状態かどうかをな」

5

「新型レントゲン？」

私は、真梨央の背丈ほどもあるその異様な形をした機械を見つめた。箱形で中に人が入れるようになっており、前方にゴタゴタした反射望遠鏡のような物が付いていると思ってもらえればいい。

「ああ、そうだ」と、彼は頷く。「X線を放射する普通のレントゲン装置を使った場合には、胃の中を映し出すにはバリウムを飲まなければならないが、これはそういう事前準備がいらないんだ。MRI、つまり、核磁気共鳴映像法という身体の断面写真を撮影する方法を可能にした機械が、最近大きな病院などにあるだろう。あれと同じ原理を使った機械で、もっと手軽なものなんだよ」

そう言えば、私も雑誌か何かで、人体のCT画像を撮影する装置というのを見た覚えがある。患者がベッドに横になり、トンネルのような物をくぐる機械だ。しかし、あれはこれと比べ物にならないほど大がかりな物だった。

木田は疑り深い目で、

「麻生先輩。いつ、そんな医療機械が発明されていたんですか」

と、尋ねた。

「つい最近さ——というより、作者がこれを設定として容認したんだよ。だから、この小説の中では現実的に実在するんだ。文句は言うなよ」

そう断言されては、私たちには反論する術がない。小説世界では、作者が神様なのだから。

「ねえ、ねえ。それで、その新型レントゲン装置で何をするの？」

シオンが心配そうな顔で言う。

「そうよ。何だか、怖そう」

と、ルミ子が私の方に身を寄せる。

「大丈夫だよ」と、真梨央は機械の設置と始動準備をしながら言った。「ただ、お前たちの胃袋がどれくらい満杯になったか調べるだけだ」

「何で、そんなことを——」

しかし、真梨央はシオンの言葉を遮《さえぎ》り、気むずかしい顔で、

「ほら、立てよ、シオン。それから、他のみんなも。もう質問はいっさいなしだ。そんなことでは、ちっとも話が進まないじゃないか。殺人がいつまで経っても起きない

から、読者だって飽き飽きしているよ──よし、立ったら、一人ずつ、この機械の中に入るんだ。すぐに終わるからな。何も怖がることはない。人体には無害だ」

真梨央は戸惑っている私たちを後目《しりめ》に、勝手に作業を進め始めた。

実際のところ、食べ過ぎた私たちは、椅子から立ち上がるのも難儀だった。

しかし、彼は私たちを急き立てるようにして、順番に新型レントゲン装置の中に押し込み、

「──ほうら、もう終わったじゃないか」

と、私たちの胃袋の状態を示す写真を撮影したのだった。そして、それらの写真を私たちに見せて、

「よし、お前たち、合格だぞ。どの胃袋も内容物でいっぱいになっている。これ以上は膨れようがないところまでな」

私は全体の事態が把握できず、少し苛立った口調で、

「麻生さん。そんな写真が何の役に立つって言うんですか」

と、問いかけた。

「非常に役立つんだよ。その内に、お前たちにも理由は解る──ところで、もう食べられないと言ったが、デザートぐらいは入るんじゃないのか」

と、真梨央は勝手に決めつけ、新型レントゲン装置を部屋の隅に片づけると、また台所へ入り、新しい料理をワゴンで運んできた。

「薬草とレモン等の水晶型デザートだ。甘くておいしいぞ」と、彼は、椅子に座る私たちの前に、ガラスの小鉢を配り始めた。「これで足りなければ、点心菓子もあるからな。揚げ菓子に、パイに、ゴマ饅頭に、中国風カステラと、何でもござれだ」

すると、甘い物に目がないルミ子は目を煌めかせて、

「まあ、おいしそう！」

と、身を乗り出した。

ところが、彼は急に給仕をほっぽり出して、

「――おっと、時間だぞ」

と、何故か腕時計を見てそう呟いた。

と、その時だった。

突然、部屋の電気がいっせいに消えたのである。

私たちは真っ暗闇の中に投げ込まれた。

恐怖よりも先に驚愕が来て、それから一瞬の内に、不安が体内で爆発した。

「何、これ！」

「きゃー、やだー！」

「どうしたんだ！」

「な、なんなんです！」

私たちは、一筋の光もない闇の中で口々に叫んだ。

「麻生さん！」

私が呼びかけると、

「麻生先輩！」

「助けて！」

「いやーん、こわーい！」

と、他の三人もまた大声を上げた。

「おい、みんな、黙れ！　これはただの停電だ！　あわてることはないぞ！」

私は必死に怒鳴った。自分に言い聞かせるためでもあった。

その途端、どこかでカチリという音がして、それが合図のように、天井がかすかに橙色の光を発した。照明パネルの中にある非常灯が点いたのである。と同時に、換気口からシューシューという音を立てて新しい空気が流れ込み始めた。壁の向こう側では何か低い動作音もしている。

私たちは、非常灯の下の薄明かりの中で顔を見合わせた。

「どうやら、自家発電が起動したんだな」

と、私が事態を推察して言った。

「そ、そうですね。ここは核シェルターでした。停電でも起これば、当然そうなるはずだったんです」

と、木田が唾を飲みこみながら答える。

「ああ、びっくりした」と、シオンが大きく息を吐く。「だって、急に電気が消えるんだもん」

「あたしも」と、ルミ子がまだ青い顔をして言う。「あたし、暗い所、大っ嫌い」

「ルミちゃんは、暗い所では幽霊が出ると思ってるんだよね」

「やめて、シオン」

ルミ子が身震いする。

「そう言えば、麻生さんはどうしたんだ？」

気持ちが少し落ち着いて、私はやっとそのことに気づいた。私たちは部屋の中を見回したが、彼の姿が見えない。

「い、いませんね」

と、木田が低い声で言う。

「消えちゃった！」

と、シオン。

「麻生さーん」

と、ルミ子がか細い声で呼びかけるが、もちろん返事はない。

私は立ち上がり、

「台所かな？」

と、③のドアをあけようとしたが、鍵がかかっていた。ドアを拳で叩き、彼の名を呼んでみた。まったく返事がない。少なくともコックがいるはずなのに、まったく応答がない。ドアに耳を付けてみたが、調理の音もしていなかった。

「――じゃあ、展望室は？」

と、シオンがそちらを指さす。

私たちはぞろぞろと②のドアの前へ移動した。こちらも同じだった。錠前が下りていてびくともしない。そして、何度も真梨央の名前を呼んだが、反応は皆無。空調と低いモーター音らしきものを除けば、室内は深閑と静まりかえっているのだった。

「どういうことでしょう、加々美先輩？」

木田が思案顔で言う。

「さあな……」

いろいろ考えを巡らせたが、手の打ちようがなかった。

「……ねえ。あたしたち、ここから出られるかしら」

ルミ子が心細い声で言う。

私は一瞬ギクリとした。しかし、その恐怖心を顔に出すわけにはいかない。真梨央がいない以上、私が最年長者なのだから。

「大丈夫だよ。麻生さんが言っていただろう。明日になれば、外に出られるって」

「でも、その麻生さんが、消えちゃった……」

「大丈夫だよ、ルミちゃん！」と、シオンも勇気を振り絞って言う。「ボクも、加々美さんも、ダルマさんもいるだろう！」

「そうですね。事態の打開を図りましょう――」と、木田が頬を膨らませたり細めたりして、思案しながら言う。「――とりあえず、この展望室へのドアをあける算段をしてみましょうか」

私は少しびっくりして、

「そんなことができるのか、ダルマ。これは電子ロックだって、麻生さんが言っていたぞ。それに、鍵も一つしかないと」

「加々美さん。電子ロックだから、あけやすいということもありますよ。つまり、このドアの錠前には機械的な機構が内蔵されていて、通電されているわけです。それにはマイコンが使われており、鍵を鍵穴にさすと、鍵の中に内蔵されているＩＣの番号が照合されるんだと思います」

「それで？」

「まあ、どうせダメ元ですから、試してみましょう——ほら、このドアの横の壁を見てください。金属板がネジ止めになっていますね。これをあけたら、中の配線や基盤に手が届くでしょう。道具は——」

「フォークならあるぞ」

　私は、テーブルの方を振り返って言った。

「いいや、あれでは無理ですね。平気です。実は、おいらが持っているキーホルダーには、マイナスドライバーの小さいのが付いているんです」

　そう言って、木田はズボンからキーホルダーを取り出した。ホルダーは二分割になる仕組みだった。マイナスドライバーの先端部分が、その中にしまわれていたのである。

金属板は、縦三十センチ、横二十センチくらいの大きさだった。それを止めていたのはプラスネジだったが、木田のドライバーでも何とかあけることができた。彼が言ったとおり、金属板の後ろには、ドアの錠前の制御盤のようなものがあった。小さな液晶画面と、テンキー・ボタンが設けられている。

それを見て、木田が満面の笑みを浮かべた。

「しめしめ。加々美先輩。どうやら、ここに適当な数字を入れたら、鍵がなくてもドアをあけられそうですよ」

「しかし、僕たちは番号を知らない。何桁かも解らないんだぞ」

「誕生日じゃないの」と、シオンが横から口出しする。「よく、銀行カードなんかの暗証番号を、覚えやすいように誕生日の数字にする人がいるでしょう?」

「麻生さんの誕生日は、十月十一日よ!」

と、ルミ子が間髪入れずに言った。こういうことは、女性の方がよく知っているものだ。

木田が、太い指で、小さなテンキーを押す。

すると、ピッという電子音がして、難なくドアがあいたではないか。

「やったあ!」

「すっごーい！」

と、シオンとルミ子がはしゃいで飛び上がる。

私もまさかこんなに簡単にいくとは思わなかった。思わず喜んで、木田と抱き合ってしまった。

「さあ、加々美さん。ドアをお願いします」

と、木田が脇にどきながら言う。

「ああ――」

私はドアの取手に手をかけた。何もためらう根拠はなかったが、何だか急に不安がこみ上げてきた。

ややきつくしまっているドアを開く。

向こう側の明るい光が、暗い所に慣れた私たちの目を刺激した。

そして――。

私たちは順番に展望室に入り、恐怖に震え上がった。

誰かが――全員が――悲鳴を上げ、激しく息を飲んだ。

私は、世界が凍結したようなショックを受けた。

何故なら、ドアの右手の所、かなり壁に近いあたりに、真梨央がうつぶせになって倒れていたからだ。

私たちは、一目で彼の身に何が起きたか解った。

彼はすでに事切れていたのである。

6

強烈な衝撃から立ち直るのに、何分もかかったように思う。私たちは愕然とし、しばらくの間、その場に凍り付いて、マネキンのように微動だにもできなかった。

「あ、麻生さん……」

私は、自分の全身の血が引く音を聞いた気がしたほどだ。

全員が恐怖に目を見開き、遠巻きに、彼の死体を凝視した。

真梨央の死と死体は、実に生々しい印象があった。普通なら、すぐに彼の元に駆けつけ、脈を取ったり呼吸を調べたり、様子を見るべきだろう。しかし、私たちはそれすらできなかった。

彼の硬直したような顔は、やや左を向いていた。目を閉じていたので、苦悶は感じられなかった。左手は直角に曲げ、頭の横にあった。右手は前へ伸ばされていた。両足は少し開き加減で、まっすぐに壁際まで伸ばされている。

そうしたことを目に入れながら、私は何度も深呼吸し、心を落ち着かせようとした。

「麻生さん……」

私はもう一度呟き、やっと足を前へ出すことができた。

次に気づいた時には、彼の横に跪《ひざまず》き、彼の頬に手を触れていた。肌はまだ温かく、けれども、生気はぜんぜん感じられなかった。

「麻生先輩は——御自分の予告どおり、死んだわけですね」

と、後ろで、木田が喘《あえ》ぎながら言った。

私はぼんやりと振り返った。

「じゃあ、これは殺人なの!?」

と、シオンがたまらず叫んだ。

「いやっ！」

と、ルミ子が激しく首を左右に振る。その目から大粒の涙が流れた。

私は全身の力を振り絞って立ち上がり、彼女を抱きしめた。彼女は、私の胸の中ですすり泣きだした。

その間に、木田が、真梨央の体を調べ始めた。

「——加々美先輩、見てください。後頭部に小さなコブというか裂傷が二つありますよ。他には外傷はありませんから、何か堅い物でここを殴られたみたいですね」

「何かって何だ？」

木田は立ち上がると、周囲を見回し、

「鈍器でしょうが、この部屋には、凶器らしき物は何も落ちていませんね」

確かに、この狭い部屋には、真梨央の死体以外には何もなかった。何も……。

それから、木田は真梨央の衣服を確認した。ズボンのポケットから、ドアの電子キーを取り出した。

「これが、そこのドアの鍵ですね」そして、木田は大窓の方を見ると、「——シオン君。すまないけど、窓の鍵はどうなっています？」

シオンは震える足で、ようやくそちらへ近づき、

「どれも、クレセント錠がきっちりかかっているよ」

と、返事をした。

多少の逆光ではあったが、それは私の位置からも解った。

外は、真梨央の死を悼むかのように薄暗くなっていた。あれほどうるさく鳴いて飛

んでいた海鳥も、今は一羽も見えない。海も重油を撒いたように静まりかえってい
る。水平線の一部が赤らんでいるのは、夕日が沈む加減だろうか。

「窓も施錠されているわけですね――思ったとおりです」

と、木田は顎に手を当て、考え深げに頷いた。

「何がだ？」

私はルミ子を胸に抱いたまま、質問した。

「つ、つ、つまり、簡単に言えば、こ、こ、これは密室殺人と、い、い、いうことです、す、す、すよ、加、加、加々美先輩」

「何だって!?」

真梨央の死にショックを受けている私には、彼の言ったことがすぐに理解できなかった。

「ドアには電子ロックが下りていました。その鍵は、被害者のズボンの中にありました。そして、窓も内側から鍵がかかっています。となれば、これは正真正銘の密室殺人ということになりますね」

私は頭を鉄のハンマーで殴られたような気がした。衝撃の追い打ちだった。ただ真梨央が死んだだけではなく、彼の死は密室に彩られていたのだ。

「そ、そんな馬鹿な……」

私の口からこぼれた言葉がそれだった。

「馬鹿ではありません。事実です」

と、木田が律儀に返事をした。

「ああ！　ねえ、それ、何⁉」

その時、窓の前から戻ってきたシオンが大声を出した。

彼は目を凝らし、真梨央の頭の方を指さしていた——いや、正確には、真梨央の前方に伸ばされた手のあたりを指さしていたのだ。

「何なんだ？」

私は思わず、きつい口調で尋ねてしまった。

ルミ子も顔を起こし、シオンの方を恐ろしげに見る。

「麻生さんの手の所を見て——ほら、床に何か書いてある。爪で引っ掻いてさ——Yだよ——Yの字だ——Yが書いてある」

木田は太った体を素早く動かし、シオンの横に並んだ。

「ほ、本当です。加々美先輩。《Y》ですよ。真梨央さんは、死ぬ間際に、《Y》を書き残しました——こ、これは、ダイイング・メッセージですよ！」

私は子鹿のように震えているルミ子の手を握ったまま、彼らの横に並んだ。そして、全員が屈み込んだり、中腰になり、真梨央の右手の先に注目した。どうやら、右手の人差し指の爪先で、フローリングの床を引っ掻き、《Y》という字を書いたようなのである。

「ダルマ。ダイイング・メッセージというのは、何だ？」

私は腰を上げて、木田に尋ねた。

「推理小説でよく使われる用語です。瀕死の被害者が、死ぬ寸前に、犯人やその他の重要なことを誰かに伝えようとして、残そうとする名前や言葉などですね。ただ、それを完全に果たせぬ内に死んでしまうため、中途半端な手がかりになってしまうわけです」

「つまり、今の僕たちのように、死体を発見した者には、被害者が何を言い残そうとしたのか、よく解らない――そういう状況のことなんだな」

「ええ。そのとおりです」

「Yってさ、誰かのイニシャルじゃないの」

シオンが大きな目をパチパチしながら言う。

木田が太い首を横に振った。

「シオン君。ここにはYの付く人はいませんよ。加々美光一、武田紫苑、武田留美子、木田純也の四人ですから。念のために言えば、麻生真梨央も違いますね」

私は腕組みし、必死に頭を巡らしながら、

「待てよ。この短編小説はメタ・ミステリーだと、最初にお前が言ったよな。とすると、作者や読者が加害者でもいいんだろう？」

「作者は二階堂黎人。Yのイニシャルは付きません。読者は不特定多数ですから、Yが付く者を誰かと限定することはできません」

「じゃあ、誰が犯人なの⁉」ルミ子が恐怖に満ちた顔で叫んだ。「ここには、私たちしかいないのよ！」

私はまた、彼女を胸に抱き、

「心配するな、ルミ子。絶対に真相を突き止めるから。そして、僕たちだけでも、この核シェルターから無事に脱出するんだ」

と、言い聞かせた。それは半分、自分に言っているようなものだった。

「そうですよ、ルミ子先輩」と、木田も頷く。「おいらたちで、何とか、この事件を解決しましょう」

「でも、どうやって？」と、シオンがげっそりした顔で言う。「もう、やだよ、ボク。たまには殺人の出てこない小説の登場人物になりたいよ」

「そういう文句は作者に言うしかありませんが――」

と言ったところで、木田が急に言葉を切った。

「どうしたんだ、ダルマ？」

私は怪訝に思って訊いた。

彼は核シェルターのドアの方を見て、

「コックはどうですかね。台所にいるコックは。その人物がYのイニシャルの付く犯人かもしれませんね」

私もそうであったらいいと思ったが、しかし、別の疑問も湧いてきた。

「しかし、麻生さんが書き残したYが、必ずしも、犯人のイニシャルを示すものとは限るまい。名前を書くなら、日本語で充分だ。アルファベットを書こうとした意味が解らない」

「それはそうですね」と、木田も頷き、「犯人が外人なら無理はないですけどね」

「じゃあ、コックさんが外人なんだよ！」と、シオンが大声で指摘する。「あんなすごい中華料理を作る人だもん。本物の中国人じゃないのかな。それに、ホンコンの人だとすると、中国名と英語の名前の両方を持っているでしょう」

木田は弱々しい笑みを浮かべて、

「なるほど、シオン君。冴えていますね。そうすると、犯人はヤンさんとか、ヤングさんとかいうような名前の中国人――うん。それは一理あります」

私は急いで思案すると、

「よし。とりあえず、核シェルターの中に戻り、何としても、コックを台所から引っ張り出そう。そうしなければ、話がまったく前に進まないからな」

と、結論を出した。

皆はコクリと頷き、賛成の意を示した。

「ねえ。麻生さんは……どうするの？」

と、泣き濡れた目で見上げ、ルミ子が言った。

「仕方がない。しばらくはこのまま置いておくしかない。可愛そうだけどね……」

私自身も胸が締め付けられる思いがしたが、それしか返事ができなかった。

7

「でも、何で、麻生さんだけが！」

と、シオンが悲痛な声を上げた。

「そうよ、そうよ！」

と、ルミ子もしゃくり上げながら言う。

「そうです。本当にひどい！」

と、木田もメガネを取り、ハンカチで目頭を拭った。

私たちはとりあえず、テーブルに座り、善後策を講じることにした。しかし、いったい何から手を付けたら、何を考えたらいいのか、何をどうしたらいいのか、まったく解らない状況だった。
③の台所のドアは、あいかわらず閉じたままである。何度呼びかけても、何度叩いても、まったく返事がない。それどころか物音一つしないのだ。
私たちは精神的にも肉体的にも疲れ果て、椅子にがっくりと座り込んでしまったのである。

テーブルの上には御馳走の残りが山となっている。今となっては、こんな物はまったく見たくなかった。脂っこい臭いすら鼻について辟易した。

しばらくして、私は気を取り直す意味で、

「とりあえず、状況を再整理してみようか。解っていることをまとめてみてくれないか、ダルマ」

と、彼に頼んだ。

木田はメガネをかけ直し、もそもそと居住まいを正すと、

「はい、解りました。まず、デザート料理を麻生先輩が運んできた後で、何故か停電が起きました。もっと正確に言うと、麻生先輩が急に『時間だ』と言ったすぐ後のことです」

「あれがいつ起きたか覚えているか」

「あれはたぶん午後三時頃です。照明が消えていた間はそれほど長くなく、せいぜい二分間という感じです。

おいらたちが、錠前の制御板を操作し、あのドアをあけて展望室へ入るまでに十五分以上経過していました。そして、麻生先輩が死んでいるのを発見したわけです。

麻生先輩の死因は、たぶん頭蓋骨骨折か脳挫傷かと思われます。後頭部に小さな傷が二つありました。何らかの鈍器で殴られた可能性が大です。ただし、凶器らしき物は死体の周囲にはありませんでした」

私は手を上げて、彼の口を制した。

「ちょっと訊きたいが、あれは本当に停電だったのか。誰かが、電灯のスイッチを切ったということはないか」

電灯のスイッチは、ドアのない唯一の壁の中央部にまとまって付いている。

木田はだるそうな顔でかぶりを振り、

「いいえ。あの時には、おいらたちは全員このテーブルに座っていました。麻生先輩も、デザートを乗せたワゴンを運んできた時でした。誰もスイッチの側にはいませんでした」

「麻生さんは自分で展望室へ入ったのだろうか。それとも、犯人に連れ込まれたのだろうか」

「今のところ、どちらとも言えません……」

「密室状態をどう考える？」

「展望室は完全にその状態です。大窓の三つのクレセント錠はかかっていましたし、ドアは電子ロックがかかっていました。その鍵も、麻生先輩のズボンに入っていたわけですし。

現場には凶器がなかったので、犯人が持ち去ったと考えられます。しかし、もしも誰かが麻生先輩を展望室の中で襲ったとしても、どうやってあそこから脱出したのか、その方法が解りません」

するとシオンが情けなさそうな声で、

「あのね、可能性として言うんだけど、ボクたちの中に犯人がいるということはあるの？」

「非常にありますね。この核シェルターというか、この島にはおいらたちしかいないのですから。ただその場合には、犯人がどうやって、展望室へ出入りしたかという謎を解かねばなりません。それも、あの停電の短い時間の間に」

「鍵がなくても、制御板をいじってドアがあいたよ」

「しかし、あけるまでに、相当長くかかったじゃありませんか」

涙で化粧の崩れたルミ子が、まだしゃくり上げながら、

「動機は何なの……」

と、小さな声で訊いた。

木田は、彼女の方へ顔を向け、

「麻生先輩を殺した動機ですか」

「そう」

「おいらたちにはありませんね。少なくとも、おいらには」

「ボクにはないよ！」

「あたしも……」

「僕もだ」

と、私は念のために付け加えた。《ミューズ》の連中は、全員が真梨央を尊敬していた。彼を殺すはずがない。

木田は宙に目を向け、

「まあ、この短編は二階堂黎人が書いているんだから、それほど動機は気にしなくてもいいでしょう。この作家は、殺したいから殺すというタイプの作家で、動機がトリックになっていない限り、それが物語の中で高い比重を占めることはないんです」

「ふうん、そうなのか」

「ええ」

「だが、そうすると、動機もないのに、僕たちの誰かが作者の命令で、麻生さんを殺したという事態もあり得るわけか」

「はい。加々美先輩は納得はできないでしょうが」

「できないね。そんなのは理不尽だ！」

そんなのは、私たちの人格を踏みにじる行為だ。私は作者に対してだんだんと腹が立ってきた。そして、そんないい加減な小説を読んでいる読者にも！

「ねえ。麻生さんは、あの《Y》という文字を書いて、何を告げようとしていたんだ

ターネット検索サイトとか、そんな突拍子もないものではあるまい……。

こなかった。まさか、Y字型の交差点とか、Yの付く色の名前とか、Yで始まるイン
誰も返事をしない。私自身も思いつくことがない。というより、考える力さえ出て
と、私は全員の顔を見回して言った。

「《Y》で思いつくものは何だ?」

しかし、その点は先ほども議論したが、結論はまったく出ない。

と、木田も腕組みして考えこむ。

「普通に考えれば、犯人の名前なんですがね……」

と、シオンが疲れた顔で言った。

ろう」


私たちは暗い感情に支配された。

何もかもが謎である。

この事態をどうやって打破したらいいのだろう。

私は絶望的な気持ちになった。

ところが、それを、

「そうか!　そうかも!」

と叫び、木田が粉砕した。彼は小さな目を極限まで広げ、私たちの顔を見つめると、

「加々美先輩。ちょっと思いついたことがあります」

と告げ、立ち上がったのだった。

「何なの、ダルマさん」

シオンが彼の顔を見上げ、訝しげに尋ねる。

「凶器ですよ。凶器。《Y》が凶器なんですよ」

「ダルマさん、頭、大丈夫？」

「ホント、気持ちでも悪いの？」

シオンとルミ子も立ち上がり、彼の顔を覗き込む。

「大丈夫ですよ。おいらは正気です」

「じゃあ、《Y》が凶器ってどういう意味？」

シオンが尋ねると、木田は自信満々に微笑み、

「麻生先輩の後頭部の傷を覚えていますね。小さな打撲の跡が二つあったんです。ということは、論理的に言って、何か先端の細い物で二度殴ったか、あるいは、一度で二つの傷を付けることができる物で殴ったということになりますね」

「まあ、そうだな……」

　私はそれを想像しながら頷いた。

「そこで、《Y》なんですよ。《Y》という字は、先端が二つに分かれています。下の方の棒を持って、上の部分で麻生先輩の頭を殴ったらどうなりますか。いっぺんに二つの傷が生じるのではありませんか」

「何言ってんの」と、シオンがあきれ顔をした。「ダルマさん、正気?」

「もちろん、正気です」

「あのね、《Y》というのは、物体ではなくてただの文字なんだよ。そんな物で、どうして人を殴り殺せるのさ」

「解っていないのは君の方です、シオン君。我々は現実世界に属する生身の人間ではなくて、小説世界を闊歩《かっぽ》する単なる登場人物なんですよ。つまり、メタ・レベルで言えば、ある種の条件が揃えば、活字だろうが、行間だろうが、あるいはページの紙そのものだろうが、何でも凶器になるってことです」

「よく解んないなあ」

　シオンが顔をしかめ、肩をすくめる。

「いいや、僕は解るぞ、ダルマ。何だか理解できてきた」私は興奮気味に頷いた。

「――で、その凶器の《Y》の字はどこにあるんだ？」

　木田は後ろ手にゆっくりと歩きながら、

「最初は、麻生さんが床に爪で傷を付けた《Y》かと思ったんですが、今は違います。もっと良い《Y》を見つけました。それは、この短編の表紙の中にある《Y》です。つまり、題名の《Y》の字ですよ」

「題名の《Y》!?」

　私たち三人は、異口同音に叫んだ。

「そうなんですよ。『「ム」の悲劇――「Y」がふえる』という題名をよく見てください。一文字目の《Y》が、右へ四五度曲がっているじゃありませんか」

　私たちは、あわてて、この短編の表紙を確認した。木田の言うとおりだった。何故か、最初の《Y》が傾斜している。

「お前の言うとおりだ、ダルマ。よく見つけたものだな」

と、私は感心して言った。

「へへへ。このくらいは推理小説ファンだったら当然ですよ」

　木田は腹を揺すって笑う。

　しかし、シオンは納得せず、

「でもさ、だからと言って、あの文字で麻生さんを殴ったという確証はないんじゃないの？　文字が少し倒れているのなんて、単なるアクセントかもしれないし」

「そうね。あたしもシオンに賛成！」ルミ子が華奢《きゃしゃ》な手を上げて言う。「そんなの、信じられなーい！」

「それじゃあ、おいらの推理が間違いだって言うんですか、シオン君、ルミ子さん？」

木田は不満を露わにし、もともと膨れている頬をさらに膨らませた。

「そうだよ」

「そうよ」

シオンとルミ子が言い張る。

私は困惑した。どっちにつこうかと考えた。

はたして、木田の推測は正しいのだろうか。だが、シオンたちが言うとおり、文字で殴り殺したという証拠は何もないようである。

私は言った。

「ダルマ。それで、もしも凶器が表紙の《Y》だとすると、僕たちの誰かが、それをこっそり取り外し、麻生さんを殴って、また元通りに返したというのか」

「そうです、加々美先輩。ただし、あの時は時間があまりなかったので、犯人は、《Y》の字をまっすぐに戻しておくことができなかったのです。だから、あんな風に曲がっているわけです」

「では、誰が犯人なんだ。そこまで、君は推理しているのか」

「いいえ。残念ながら」と、木田がため息混じりに言った。「──いや、そうだ、もしかしたら──うむ、あり得るかもしれないです──そうですよ、そうですよ──今度こそ、間違いがない──絶対にそうです！」

「何が、絶対にそうなんだ？」

「犯人が解ったんですよ！」

と、木田にしては珍しく、大声を上げた。

「誰だ。言ってみろ」

「ええ。その代わり、怒らないでくださいね」

「ああ」

「犯人は、ルミ子先輩です」

「あたしですってえ!?」

木田の糾弾に、ルミ子はびっくりして飛び上がった。

「そうですよ」

「な、何で、あたしなのよお！　あたしは、か弱い乙女なのよ！」

「問題は凶器の隠し場所です」と、木田は全員の顔を見回した。「凶器を隠せるのは、ルミ子先輩しかいないんです」

「知らないもん！　あたしじゃないわ！」

ルミ子は髪を振り乱して、懸命に首を振った。

私も、自分の恋人を犯人扱いされ、少し腹が立った。

「どういうことなんだ、ちゃんと言ってみろよ、ダルマ！」

「あれですよ、加々美先輩。ほら、中華の満漢全席に、レントゲン写真。何で、あんな物が用意されていたか。それを考えたら、ルミ子先輩が犯人であることが証明されるんです」

「何故だ？」

「つまり、こういうことです。ルミ子先輩は、犯行後に鈍器を飲み込んで、食べてしまったのです。鈍器は、ルミ子先輩の胃袋の中に隠されているんです。だから、どこにも見当たらなかったんですよ」

「ルミ子が食べたあ？」

あまりに突拍子もない話で、私は何と反論して良いか解らなかった。

「バ、バカみたい。何で、あたしが、凶器だか鈍器だかを食べなきゃいけないのよ！　だいたい、あたしたち、中華料理を食べすぎて、お腹が完全に膨れていたじゃないの！」

ルミ子は可愛い顔を真っ赤にして怒った。

「だから、それが作者のトリックだったんですよ。あのレントゲンによる胃袋の透写は、そのための引っ掛けだったわけです」

木田は冷静な顔をして言った。

「引っ掛けとは？」

私は、一応彼の話を聞こうと思った。

「確かに、レントゲン写真を撮った時、おいらたちの胃袋はどれも満杯になっていました。したがって、あと一口も物を食べられない状態でした。しかし、《別腹》というものがあります。主食は食べられなくても、デザートは食べられるといったような」

「何よ！　あたしが、《別腹》だって言うの！」

ルミ子は口を尖《とが》らせて文句を付けた。

「そうです。女性のお腹は別腹なんです。お腹がいっぱいだといいながら、甘い物は食べられるんです。これは、甘い物を見た時に、視覚から入った情報が中枢神経を刺激し、さらに胃袋を拡張させるからです。別腹は、ちゃんと医学的に証明されている現象です」

私は一瞬、何と言って木田の推理の傷を指摘しようかと迷った。そして、

「なあ、ダルマ。確かに別腹は医学的な現象かもしれないが、結局のところ、殺人の凶器がどんな物かは判明しないぞ。それにまた、ルミ子が犯人だとしても、どうやって彼女が、あの電子ロックのかかったドアを出入りできたんだ？　暗闇の間、ずっとルミ子の声は僕らの側で聞こえていたじゃないか。彼女はずっと、こちらの部屋にいたんだ。展望室へは行っていないぞ」

「それはそうですが……」

と、木田は急に弱気になり、小声で答えた。

「あのさあ」と、シオンが腰に手を当てて言う。「《別腹》推理もいいけどさあ、たかがそんなことのために、作者は孤島を用意したり、核シェルターを設定したり、ボクたちをそこに閉じこめたりしたわけ？」

「え、ええ……」

「それって、何だか、ずいぶん大がかりな話のくせに、真相がせこすぎるんじゃないの?」

「シオンの言うとおりだな」私は自信を取り戻してきた。「ダルマの推理は間違っているようだ。何故かと言えば、まだこの後、だいぶページ数が残っているからだ。真相はこれから暴かれるんだろう」

「はあ」

木田はがっくりと肩を落とした。

ルミ子はさっきまでの怒りを忘れ、彼の肩に優しく手を当て、

「ダルマさん、元気を出して」

と、慰めた。気分の変化の早さが彼女の良い所でもあり、悪い所でもある。

私は腕組みして、状況を鑑みながら、

「たぶん、ダルマの推理もそう見当はずれではなかったんだろう。僕の想像では、作者は《別腹》という凶器の隠し場所を、この密室殺人の謎の解答とするはずだったんだ。だけど、自分でもあまりに安っぽいと思って、考え直したんだろう──」

と、その時であった。またもや異変が起きたのは!

それは、まったく予期しない形で私たちに襲いかかった!

ズシン、ズシンと地響きというか地震というか、部屋が揺れだし、③の台所へ通じるドアが急にパッとあいたのである。

私たちは仰天して椅子から飛び上がり、全員がそちらを見た。

すると、

「わっはははは！」

という高笑いと共に、象のように巨大な老人が歩き出てきたではないか！

「あ、あなたは！」

私は愕然として叫んだ。

「そうじゃ、わしじゃよ。久しぶりだな！」

と、その太った男は、部屋中に響くような大声で返事をした。

彼はその重い体を支えるために、ステッキを片手に一本ずつ、二本も持っていた。体重は楽に百二十キロ以上はありそうだった。動く度に、苦しげに喉を鳴らすのも無理はない。

まるまると太った顔は、酒を飲んだばかりのように赤みを帯びていた。白髪混じりの黒髪で、それを後ろで軍旗のように揺らしている。顎は幾重にも脂肪で膨れ、口元にかすかだが皮肉っぽい笑みが刻まれている。黒い立派な口髭を蓄え、目は悪戯小僧のように生き生きと輝いていた。

「こ、この人、増加博士じゃないか！」

　と、シオンが、尻餅を突く勢いで叫んだ。

8

「そ、増加博士だ！　増加博士だ！」

　シオンは熱射病にうなされたように繰り返した。

　そうだった。

　彼こそは、あの名探偵として名高い増加博士だったのである。

「ウォホホホホ！　諸君。このおいぼれのことを覚えていてくれたのか。これは嬉しいことだ！　ビールで乾杯せねばならない！」

　私は、この驚異的な人物の姿をつくづく眺めた。

　彼は見るからに学者然としていて、幅広の黒いリボンを付けたメガネをかけていた。頭には黒のフェルト帽がのっている。黒いだぶだぶの服を着ており、さらに、インバネスのような黒いマントを羽織っていた。

「キャー、増加博士だわ！」

ルミ子が、ビートルズを見て失神する女性のような嬌声を上げた。

「増加博士！　本物の増加博士ですね！」

と、木田が彼の元に駆け寄る。こんなに素早く動く木田を見たのは初めてだった。

「増加博士。どうしてそんなところに！」

私は尋ねたが、驚きはなかなか消えなかった。

「おお、バッカスよ！　わしかね、わしは、台所で得意の中華料理を作っておった。ビールのつまみに中華は最適だからな。そして、今は究極の名探偵として、この奇怪な密室殺人を解き明かすために出てきたのじゃよ。

諸君も知っておるとおり、わしは不可能犯罪の専門家じゃ。わしにかかれば、どんな神秘的な事件も論理的に解決してしまう。だから、不思議なことがあればわしに訊けばいい。何もかも説明してしんぜよう！」

「で、でも」と、木田が混乱した顔で言った。「これはクイーンの『Yの悲劇』になんだ競作アンソロジーですよ。あなたはディクスン・カーの――」

「こりゃ、かたいことを言うんじゃない。もう《Y》の謎が出てきているんだから、探偵役が誰かなんてことはたいした問題じゃないのさ」

増加博士は朗らかな顔のまま、木田を叱りつけた。

「は、はい」

「それより、老人の身には、こうして立っていると疲れる。椅子に座らしてくれんかね」

私はあわてて椅子を二つくっつけ、彼に差し出した。彼の巨大な尻には、一つでは足りなかったからだ。

「うむ。これで少し楽になった」と、彼は腰を下ろして言った。「――で、何を先ほどからもめているんだね？」

「あ、待ってよ！」と、シオンが遮る。「少し、読者に説明させて！」

「何のじゃ？」

「あなたのことをです。初めてあなたのことを読んだ読者には、あなたが何者だか解らないでしょう？」

「それこそ訳が解らんが、やりたければやるがいい。その間に、わしはビールを飲んでいる。すまないが、加々美君。台所からビールを持ってきてくれんか。大ジョッキでな」

「はーい！　あたしが取ってきまーす！」

と、ルミ子が喜び勇んで、私の代わりをしてくれた。

その間に、シオンが正面を向き、あなた――読者――に、増加博士のことを話し始めた。

「増加博士はね、『奇跡島の不思議』の別バージョンでも出てきてくれたんだ。そして、あの事件の真相を見事に突き止めてくれたのさ。何で、増加博士という名前かと言うと、カーの創造した名探偵の名前がギディオン・フェル博士で、フェル博士――ふえる博士――ふえる――増加――増加博士っていう訳なんだよ」

「おいおい、わしの宣伝はそのくらいでよろしい。おぬしも、椅子に座って、ビールを飲みたまえ！」

「だめですよ。だって、ボク、未成年だもん」

「おお、アテネの司政官よ！　ビールを飲むのに、そんな障害がこの世に存在するとは！」

とにかく、私たちは彼の出現に力強い思いがしていた。この窮状を救ってくれる人物がいるとすれば、彼以外には考えられない。

私は彼の横に座り、一緒にビールの入ったジョッキを手に取った。

「一つ念のために訊いていいですか。まさか、あなたはこの事件の犯人ではないでしようね」

「わしがか？」と、彼は気を悪くするでもなく言った。「もちろん、違う。いくらメタ・ミステリーだと言って、探偵が犯人などという古臭い手を作者が使うはずがあるまい。もっと、二階堂黎人を信用してやりたまえ」

「では、あの停電と一連の事故が起きた時、台所のドアは、向こう側から施錠されていたのでしょうか」

「そうだ。したがって、誰もあの③のドアは出入りしておらん。それは、わしの言葉を信じてもらおう！」

「僕たちは、何度もあのドアを叩いて呼びかけました。なのに、何で返事をしてくれなかったのですか」

「すまんな。実を言うと、料理を作るのに疲れて、居眠りをしておったんだよ。ただそれだけのことなんだ。それに、わしがそんなに早く出てきてしまったら、話がつまらないだろう」

「それはそうですが……」

「――ええと、君の渾名はダルマ君だったな。今、この原稿は何枚くらいまで書かれているんだ？」

増加博士はぜいぜい言いながら太い首を曲げ、木田に尋ねた。

木田はここまで書かれている文字数を換算しながら、

「そうですねえ、四百字詰め原稿用紙で、ちょうど百枚近いところまで来ているようです」

「そうか。だとしたら、わしの名推理を急がねばならんな。確かこの短編は、原稿用紙百枚くらいでという依頼だったはずだ。このまま話が進めば、軽く二、三十枚はオーバーしてしまう」

「はい」

「よし。では、核心に近づこうではないか——何から話せばいいかな」

増加博士が皆の顔を見回したので、私が代表して答えた。

「いったい、誰が、麻生さんを殺したんですか」

「それが知りたいか。しかし、知った後で後悔することはないかね」

「ありません」

他の三人もコクリと頷いた。しかし、不安な気持ちがあったのも事実である。

「ならば、話をしようか」と、増加博士は言い、またビールをガブリと飲んだ。

「——安心したまえ、少なくとも、殺したのは、おぬしたち四人ではない」

「本当ですか！」

私はびっくりして大声を発した。

「うむ。間違いない。論理的に考えれば、それしかあるまい。あの②のドアには展望室側から鍵がかかっていた。それに、あの短い時間では、こちらにいたおぬしたちに、殺人を行なう時間などはないからな」

「ですが、この核シェルターには、僕たち以外の者は誰もいないんですよ」

「さてさて。それこそが大問題じゃな。頭を悩ます難しいパズルじゃ。作者が仕組んだとっておきの趣向というものじゃよ。真相を知るためには、それを暴かねばならん。実体なき殺人者──姿なき殺人者の変形といって良かろう」

「解りません。もう少し、具体的に言ってくださいませんか。それに、凶器はなんですか」

増加博士はつぶらな目をしばたたくと、

「いいかな、諸君。これは、動機、犯人、凶器が三位一体になった恐ろしい事件なんじゃよ。どれか一つを切り離して考えることなどできないのだ。だが、その内でも最大の比重がかかったものが、凶器と言ってよいだろう。いまだかつて、推理小説の中で、これほど巨大な凶器が使われたことはないと言って良いかもしれん──チェスタトンの、ムニャムニャが凶器というアレを除いてはな」

「すみません、ぜんぜん、おっしゃっていることが解らないのですが……」

私が困って言うと、木田が横から、

「なるほど。おいらには少し解ってきました。もしかして、麻生先輩は、事故死したのではありませんか。向こうの部屋で足を滑らし、あのゴツゴツした岩壁に後頭部をぶつけたんです。だから、あんな傷が残ったわけですよね」

「こりゃこりゃ、そう先走ってはいかん。これは歴《れっき》とした殺人事件じゃよ。だからこそ、被害者もああして《Y》というダイイング・メッセージを残したのだろう」

「そ、そうでした」

増加博士にたしなめられ、木田はうなだれた。

「ただし、あの後頭部の傷は、今ダルマ君が言ったとおり、壁にぶつかってできたものだ。それは正しい。しかし、何故、そうなったのかを知らねばならんぞ」

「誰かが、麻生さんを突き飛ばしたのですか」

私は尋ねた。

「そうだ。あるものが彼を後ろへ突き飛ばした。それも、非常に激しくな」

「解った！」と、シオンが飛び上がって言った。「あの海鳥だ！　窓から海鳥が飛びこんできて、麻生さんに体当たりをしたんだ！　そして、逃げ去ったんだよ！　だから、あの部屋には犯人がいなかったんだ！」

しかし、増加博士は真面目な顔で首を横に振った。

「大窓の鍵を忘れてはならん。クレセント錠がしっかりとかけられていたのを確認したのは、おぬしではなかったのかな」

「ああ、そうだった！」

シオンは頭をかかえ、しゅんとなってしまった。

「もう、解んない！」

と、ヒステリーを起こしたのはルミ子だった。彼女は、可愛い口を尖らせ、

「そんな難しい問題、ルミ子、付いていけないわ！」

と、文句を言った。

増加博士は優しい目で彼女を見ると、

「これこれ、嬢ちゃんや、そんなことを言うもんじゃない。みんなで一緒に考えていけば良いのだから」

「はい。でも、どうして麻生さん一人が殺されたんですか」

「そこじゃよ、嬢ちゃんや。おぬしは非常に重要なことを指摘した。それがこの不可

思議な密室の謎の中で、肝心な焦点なのだ。何故、彼一人が死んだのか——逆に言えば、おぬしたち四人だけが生き残ったとは言えないかね」

「あたしたちだけが？」

ルミ子は大きな目を白黒させた。

私たちも、頭がクラクラしてきた。

増加博士はニヤリと微笑み、

「逆説じゃよ。こういう謎を解くには、逆説が大事なんじゃ」

と、得意気に言った。

「逆説？」

木田が興味津々の顔で尋ねた。

「そうじゃよ」

「おぬしは、推理小説ファンだというから、チェスタトンのよく使う逆説的な論理は知っておるな。だいたい、すれっからしのマニアとかいう奴に限って、逆説を妙にありがたがるものだ。実はそんなにたいしたものでもないのにだ」

「おいらもすごく好きです」

「ですが、何がいったい逆説なんですか」

私は質問した。

「もう一度言おうか。肝心な点は、麻生真梨央という男一人だけが死んだのではなく、君たち四人だけが生き残ったということじゃ。そのことをよく理解してもらいたいものだ」

私はため息をついた。

「ほほう。どうやら、わしの言うことを信じておらんようだな。だったら、殺人現場の展望室へ行こう。付いてきたまえ」

増加博士は苦労して立ち上がり、二本の杖を突きながら歩きだした。ドアは、やっとのことで通り抜けた。私たちも、その後に続いた。

大窓の外はかなり暗くなっていた。夜が近いのだろう。目を凝らすと、水平線の一部がかなり赤くなっていた。あそこに夕日が沈んだのだろうか。

増加博士は、まず、真梨央の死体に近づいた。そして、彼の後ろにある壁を、右の杖の先で指した。

「――そこをよく見たまえ。何か痕跡があるのではないかな」

私は壁に近寄って、真梨央の背丈のあたりを観察した。すると、確かに岩がこすれたような跡が見つかった。

増加博士は満足げに頷き、

「そうなのだ。彼はそこに後頭部をぶつけたのだよ」

「で、死んだわけですか」

「いいや。死因はまったく別だ。それは単に、目に見えない巨大な衝撃を受けた後の付録にすぎない」

「ですから、その巨大な衝撃とは何ですか」

私は、彼とのやりとりに疲れてきた。目に見えない衝撃など、この世にあるのだろうか。

「もしかして、それは空気圧でしょうか」

と、木田は恐る恐る言った。

「いいや、違うね。そんなものを生じさせるような機械は、ここには皆無じゃろう?」

「ええ……」

「諸君」と、増加博士は、大窓の方を杖の先で指し示した。「あそこから、水平線をよく見たまえ。陸地がある方をじゃ。そして、あの赤く光っているものが何なのか考えるのじゃ。ただし、窓は絶対にあけてはならんぞ！」

「あれは、夕日ではないのですか」

私が言うと、増加博士は即答した。

「違うね。いいかね、麻生君の死体を見つけた時、すでにあの赤い光が見えたのではないかね。あの時間はいつ頃だったのだ？」

「ええと、あれは確か、午後三時頃です」

「ならば、まだ日は明るいはずだ。夕方にはなっておらん。そして、今は何時だね。午後四時を少し回った頃だな。だとすると、これから、だんだんと夕日になっていくのではないかな」

「そ、そうですね」

私は、内心の驚きを噛みしめながら頷いた。他の三人も同じようだった。

「それから、事件前と事件後で、いろいろと変わったことがあるだろう。それも考慮せねばならない――窓から見る景色で、何が違う？」

私たちは、いっせいに大窓の方を向いた。

答えは、増加博士が言った。

「――そうじゃ。海鳥が一羽も見えん。海上にはイルカの姿もない」

「え、ええ」

確かにそうだった。しかし、言われるまで、私たちはまったく気にしなかったのである。

「それにしても、外が暗いな」

と、増加博士は独り言のように言う。

そして、ぜいぜいと喉を鳴らしながら、ゆっくりと死体の頭の方へ移動した。

「もういい加減のところで、おぬしたちも密室殺人の真相を知って良い頃だ。これだけのヒントを与えたのだから、結論は出たのではないかな」

残念ながら、それは違った。

私たちは情けない顔をし、黙って首を横に振った。

「そうか。では、わしが教えてやろう。おぬしたちの先輩の麻生真梨央はな、中性子爆弾に被爆して死んだのじゃよ」

増加博士は、悲しみを目に浮かべ、静かにそう言いきった。

9

その瞬間、ありとあらゆる時間が時を刻むのを忘れたようだった。

そして、しばらくして、やっと私たちは、頭の動きを少しだけ回復した。

「……中性子爆弾？」

と、私はやっとのことで呟いた。

「何、それ？」

と、シオン。

「ば、ばくだん？」

と、ルミ子。

「中性子爆弾、ですか」

と、木田。

「そのとおりだ。中性子爆弾じゃよ」

と、増加博士は私たちの顔を見つめながら言った。

その耳慣れない言葉を理解するのに、私たちはさらに何秒もかかった。

増加博士は宙を見上げながら、

「いいかね。中性子爆弾は、その名前のとおり、中性子を閃光のごとく四方八方に放つ強力な水素爆弾の一種じゃ。原爆より威力は上で、ただし、原爆にはない非常に大きな特徴がある。それはな、中性子爆弾の放射は人体に影響するが、物体には被害を加えないということなのだ。中性子が、物体を素通りしてしまうからな。つまり、それは建物だとか機械だとかは壊さず、中にいる人間や動物、生物だけを死滅させることができるのだ。どうだね。実に恐ろしい爆弾だとは思わんかね」

　私は愕然としながら、

「じゃあ、あの停電が起きた時、この島の近くで、強力な中性子爆弾が破裂したとおっしゃるのですか」

「そのとおりだ」と、増加博士は重々しく頷いた。「というか、ひょっとすると、第三次世界大戦が起こって、世界中で中性子爆弾が何発も爆発した可能性がある。そして、それがありとあらゆる人と生物を死滅させたのだ。それで、海鳥もイルカもいなくなったわけだ。また、あの陸地の部分があんなに赤く見えるのも、爆弾による二次被害だろう。きっとあれは、火災による光だとわしは思う」

「ま、待ってください」と、木田が喘ぎながら言った。「中性子爆弾って言うのは、小松左京の『復活の日』に出てきたあの爆弾ですか」

「そのとおりじゃよ。よく知っておるな。感心、感心」

「だから……」と、私は息を飲みながら、やっと声を出した。「僕たちだけが生き残ったと、こうおっしゃったのですね」

「そのとおりだ。この事件はな、ここで倒れている麻生真梨央一人が殺されたものではなくて、君たちの方が生き残ったものなのだ。それが本当の真相なのじゃよ」

「そうすると、こういうことですか……展望室に一人で移動した麻生先輩を、外から二発目か三発目の中性子爆弾の放射が襲った。彼は後ろに吹き飛ばされ、壁に後頭部をぶつけ、前のめりに倒れた……」

「ああ。だから、大窓には鍵がかかっていても関係なかったし、核シェルターの中にいたおぬしたちは被害を受けなかったのじゃよ。まったく理路整然とした答えじゃろうが」

私は眩暈《めまい》を感じた。足から力が抜けて膝が折れそうになる。他の三人もショックのあまり、完全に言葉を失っていた。

増加博士はドアの方を向き直り、

「さあ、では、核シェルターの方へ戻ろうか。放射能の心配はないとは思うが、念のためだ、しばらく向こうで暮らした方が良かろう。そのための核シェルターじゃからな」

「あ、待ってください」と、私は彼を呼び止めた。「もう一つだけ、謎が残っています」

「うん？」

と、増加博士は苦労して振り返った。

私は、床に転がる死体の伸ばされた手の先を指さした。

「それです——その《Y》の字です。麻生さんは、断末魔の中で、何を僕らに告げようとしたんですか」

「おお、そうじゃったな。その問題があったか。しかし、それはまったく自明の理だ」

「教えてください」

「それも逆説じゃよ。逆説に気づけば、真相に手が届く。そして、おぬしたちは、ダイイング・メッセージというものをよく理解しておらん」

「と、言いますと？」

「ダルマ君が言ったかもしれんが、ダイイング・メッセージは、多くの場合、書きかけのものが多いのだ。だから、意味不明となり、奇怪な推測が生まれる」

「ええ」

「この場合もそうだ。この文字は、犯人の名を告げようとして、第一文字目を書きだしたはいいが、被害者が事切れて、不完全なものになってしまったのだよ」

増加博士は私たちの顔を順繰りに見た。

私は一生懸命に頭を回転させた。

増加博士はやれやれという顔をして、

「いいかね、おぬしたちは、この文字をどっちから見ているのだ。大窓を背にして見ているのではないかね。しかし、被害者の向きをよく考えるのだ。彼は、どっちに向いている？」

「ああ、そうか！　そうだったのか！」

私は、頭を鋼鉄のハンマーで殴られたような気がした。

「何てことですか！」

と、木田も大声を上げ、頭をかかえた。

シオンとルミ子は顔を見合わせている。

私は理解した。そして、口に出した。

「僕たちは、これを逆の方向から見ていたのですね。これは《Y》ではなく、《人》という文字なんですね！」

増加博士はサンタクロースのように優しく微笑み、

「そのとおりだ。ようやく解ってくれたようじゃな——麻生真梨央はな、《人》という文字を書いたところで、悲しいことに絶命してしまったのじゃよ。彼のメッセージは中途半端なものだったわけなのだ」

「しかし、僕たちのみならず、この小説の中には、《人》という字が付く人は誰も出てきていませんよ。それとも、中性子爆弾を発射した人類全体が悪いと、麻生さんは告発しようとしたんでしょうか。《人類》と書こうとして、最初の一文字だけで絶命したのでしょうか」

「そうではない」と、増加博士は言った。「彼は、真犯人の名前を書こうとしたんだ」

「それは、誰なんですか」

「最初にわしは言ったな。この事件は動機も重要だと。犯行手段、犯人の正体、殺人動機はすべて密接に繋がっている。だから、動機を持っているものを探るのだ」

「でも――」

「よく考えるんだ。この物語において、いったい誰が麻生真梨央を殺したいと願うのだ？」

「誰もいません」

私は願望を含めて言った。

「そんなことはなかろう。この小説は殺人事件を扱った推理小説なのだぞ。となれば、当然、死体が出てこなければ格好がつかん」

「すると、作者が、彼の死を望んだというのですか――あるいは、これを読んでいる読者が？」

「それもある」と、増加博士は深く頷いた。「しかしだ、その上にさらに君臨する神のような存在がいるではないか。そいつが、作者に命じて、麻生真梨央を殺したんじゃよ」

「だ、誰なんですか、それは？」

私は心底からの恐怖を感じて言った。神ではなくて、人の死を要求するなんて奴は――そんなことを平気で望む奴は、地獄に棲む悪魔に違いない！

増加博士は、私たち一人一人の顔を、ゆっくりと時間をかけて見て言った。

「読者よりも、登場人物よりも、作者よりも上に君臨する絶対的な存在と言えば、ただ一人しかいないな――もう解っただろう。それはな、作者の二階堂黎人にこの小説を書けと強く命じた、講談社文庫の出版部長、内東裕之氏じゃよ。

麻生真梨央はだな、彼がこの事件の真犯人だということをおぬしたちに告げようとして、内東の《内》という字を書く途中で息絶えてしまったわけさ。わずかに《人》

という部分を書いたところまでな……」

私たちは愕然とした。

そうだ。増加博士の言うとおりだ。

彼——内東部長は、作者の二階堂黎人に命じ、小説の形を借りて、麻生真梨央を殺害したのだ。

これこそ、究極の《操り》ではないか！

まさしく、クイーンの特技に倣った犯罪だと言えよう！

「あ、でも、待ってください！」

私は、驚きに喘ぎながら言った。

「何じゃね」

と、増加博士は静かな声で訊き返した。

「《内》という字は、《人》から書くんではなく、外側の部分から書くんですよ。これでは書き順が違います」

しかし、増加博士はまったく動じることがなかった。

「そうさ。無論、君の言うとおり、これでは書き順が違っておる。しかしだな、死に際のことだから、そう目くじらをたてることもあるまい。死者の最後の過ちとして許してやろうじゃないか……」

幕間の道化芝居その一

「──二階堂さん。ひどいじゃない」

「何がだい、シオン君?」

「『ニノ』の悲劇──「Y」がふえる』って、結局楽屋落ちの話じゃないか」

「へへへ」

「へへへじゃないよ。まったく。こんな犯人が読者に解るわけがないよ。ボクは登場人物として恥ずかしいよ」

「面目ない」

「それにさ、この作品を面白いって言ってくれた人って、翻訳家で書評家の大堀望さん(仮名)くらいしかいないっていうじゃない。後の人は、たいていの読者も含めて、みんなふざけすぎだって非難していたみたいだよ」

「そんなことはないだろう……」

「でも、もっと真面目に書けっていう文句は、たくさん来たんでしょ」

「それは事実だけどさ、しかし、シオン君。考えてもみたまえ。他に篠田真由美、有栖川有栖、法月綸太郎というメンバーで、みんながみんな真面目腐った作品を書いたって、面白くないだろう。せっかく競作なんだから、中に一つくらいギャグっぽい作品があったっていいじゃないか。そういう意味じゃあ、他の人の引き立て役になるのは覚悟の上だったんだ。だけど、僕はふざけてあの短編を書いたんじゃないよ。これまで一度も書かれたことがない、前代未聞の凶器を仕掛けようと思ってさ、それを実現するには、ああいう話にするしかなかったんだよ」

「何か、言い訳臭いなあ」

「ほ、本当さ」

「一つ訊きたいんだけどね。題名の中の『「Y」がふえる』の『ふえる』ってどういう意味？　内容とどういう関係があるの。何が増えるのさ」

「いや、あの、その……」

「何か問題があるの。実はまったく意味がなかったりして」

「…………」

「じゃあ、もう一つ質問するよ。『「と」の悲劇――「Y」がふえる』ってさ、文庫本の初版と、重版以降だと、少しだけ違っている所があるよね。おしまいの所とか」

「その話は……」

「何さ。はっきり言いなよ。男らしくないよ」

「アタシ、女ダモン！」

「嘘はだめ」

「どうしても言わないとだめかい？」

「うん」

「解ったよ。白状するよ。確かに二ヵ所加筆訂正している。一つはおしまいの所でね。書き順が違うというのは初版にはなかった。実を言うとね、恥ずかしながら、《内》という字の書き順を間違って覚えていたんだ。それで、あんな言い逃れめいたことを付け加えたわけなんだね」

「本当に恥ずかしいよ。小説家が漢字の書き順を間違えるなんて」

「それから、もう一ヵ所は、この事件に関して『Y型の凶器が出てくるとか、Y字型の道で殺人が起きるとか、XY染色体が絡むとか、そういう安易な話ではない』とか何とか、登場人物が言う所だ。その部分をほぼ書き換えたのさ」

「何で？」

「いや、その部分を読んだ人から、僕が他の三人の作家の作品のネタバレをしている、あるいは、揶揄をしているんじゃないかっていうクレームが付いたんだよ」

「へえ」

「だけど、さっき言ったとおり、この部分の言葉は、もともと講談社文庫の部長の内東さん（仮名）が述べたことで、それを僕はそのまま楽屋落ちとして使ったんだね。別に、他の三人の作家に悪気があって書いたものじゃなかった。それに、みんな同時に書き出して、同じ締め切りだから、僕には他の人がどんなものを書くかなんて解りっこなかったのさ。だから、それらのクレームはまったくの誤解に基づいたものだったんだけどね、一応、配慮して直すことにしたわけだ」

「小説を書くにも、いろいろと気遣いが必要なんだね」

「時にはね」

「じゃ、次の作品は？」

「読者の皆さん。次は、『最高にして最良の密室』です。題名は、スティーブン・バーの『最後で最高の密室』から取りました」

「その題名も、あんまり内容と関係ないよね」

「…………」

「あ、また、だんまりだ」

「…………」

「で、どういう経緯で、この短編を書いたわけ？」

「二〇〇〇年の年末に、早川書房の今居進《いまいすすむ》（仮名）編集者から電話がかかってきたんだ。この人は、今現在、『ミステリマガジン』の編集長になっているんだけどね」

「偉いね」

「ジョン・ディクスン・カーの『第三の銃弾』という名作があるんだけど、その完訳を『ミステリマガジン』に載せることになった、ついては、カー特集をやるので、芦辺さんと僕の密室殺人ものの短編を載せたいから書いてくれって言うんだ」

「ほう」

「『第三の銃弾』は、昔から創元推理文庫の『カー短編集2』に収録されているんだが、これは短縮版《アブリッジ》だったんだ。だから、僕は完訳版が載るという話を聞いて大喜びした。それで、僕もこの作品を書いたのさ。ただ、一つ問題があった。締め切りが一ヵ月しかなかったことと、最初に今居さんから言われたのが、原稿用紙三十枚でカーのような短編を書いてくれっていうものだった」

「別にいいじゃないか」

「良くないよ。密室殺人ものの短編を書く場合、最低でも八十枚、欲を言えば百枚は欲しい。本格推理小説はネタ振りや状況説明が大事だから、どうしても話が長くなる。だから、今居さんに、もっと枚数をくれって頼んだんだよ。幸い、彼はそれを了承してくれたんだ」

「物解りのいい人だね」

「後で知ったことだけど、芦辺さんとも、これとまったく同じやりとりがあったそうなんだよ。それで、僕の作品は八十枚くらい、芦辺さんの『フレンチ警部と雷鳴の城』は百枚くらいあるわけだ」

「まったくわがままな作家ばかりだなあ」

「——という訳で、読者の皆さん。『ミステリマガジン』の二〇〇一年四月号に載った作品が、この『最高にして最良の密室』です。どうぞ、御覧ください」

（暗転）

最高にして最良の密室

1

「ウオッ、ホッ、ホッ」

と、増加博士は、ゾウアザラシのような巨体を揺すって陽気に笑った。ビールで培われた三重顎の贅肉がプルプルと震える。

「推理小説史上、世界最高の密室殺人は何かと尋ねるのかね。それは言わずもがなじゃよ、君。長編なら、密室殺人の巨匠ジョン・ディクスン・カーが書いた『三つの棺』だし、短編なら、クレイトン・ロースンが書いた『この世の外から』だな。この二つの小説は、表面的な事件の不可解性も、謎解きの困難さの部分もまったく文句なしだ」

「それでは、あなたが解決した事件はどうですか。あなたも、数々の密室殺人のトリックを暴いてきたのでしょう?」

「もちろんだとも。そうだな。過去において、わしはいろいろと難しい事件を推理したものだ。《五人ピエロの笑った顔》事件とか、《馬頭観音の目刺し》事件とか、《金魚の鉄仮面》事件などは、非常に興味深い事件として記憶しておる。その中でも、君も関係したあの《引き潮のマゾ》事件などは、密室の厳重度の点からも神秘的だったと言えるのではないかな」

「神秘的とは思いませんが、恐ろしく堅固な密室でしたね」

「うむ。何しろ三重密室だ。密室の周囲の砂浜に犯人の足跡がまったくなかった。死体のあった場所には鍵ががっしりかかっていた上に、ドアと窓の隙間には内側と外側からガム・テープが貼られ、完全な目張りがされておった」

「では、この『ミステリマガジン』を読んでいる読者に向けて、あの事件を紹介してもいいですね、増加博士？」

「あ、何？」ビールを大ジョッキで呷《あお》っていた増加博士は、「ああ、無論かまわんとも、君。このわしは評判ほどには虚栄心を持ち合わせておらん人間だが、それで読者が喜ぶと言うのなら、少しは犠牲的精神を発揮しよう」

「ありがとうございます」私は頭を下げて礼を言った。「それでは、物語を始めますよ――」

「ちょっと待て！」と、増加博士は大きな手を振った。「お若いの。そうあわてるものではない。わしは読者に対して一言注意したい」

「そうですか。どうぞ」

増加博士はゼイゼイ言いながら、椅子の上で体を正面――つまり、あなた方読者のいる方――へ向けた。

「読者諸君。わしがこれから言うことを肝に銘じておくのだぞ。この物語はいわゆるメタ・ミステリーだ。メタ・ミステリーが何であるかは、たぶんこの後、この青年が説明するかもしれんし、しないかもしれん。だが、犯人は間違いなく、この物語に出てくる登場人物の中に隠れている。小説外の人間――たとえば、作者や読者や編集者――が犯人であるなどということは絶対にない。また、小説外の事物が犯行に使われたというようなこともない。だから、安心して、謎解きの物語に集中してもらいたい」

「解りました――解りましたね、読者の皆さん？」

私は耳を澄ます。読者の皆さんから、『解った』という声が返ってくるのを待っているのだ。しかし、まさか小説からの問いかけにまじめに返事をする人間もいるまい。さっさと話を進めよう。

というわけで、この場は暗転する。増加博士も一時的に退場だ。暗闇に包まれた舞台中央には、スポットライトを浴びた、語り手たる私だけが残される――。

2

「ねえねえ、加々美さん！　いったいどこから、あの奇妙な殺人事件の話を始めるの？」

途端に、溌剌《はつらつ》としたボーイソプラノが、活字の形で読者の耳に届く。少女のように美しい顔をした武田紫苑が、元気良く私へ話しかけてきたからだ。

「あ、ごめん、加々美さん。読者に向かって話をしていたんだね！　じゃあ、ボクも挨拶をしようっと！　皆さん、こんにちは！　ボクの名前はシオンだよ！　少女マンガに出てくる、可愛らしい少年の主人公を想像してね。白いフリルの付いた絹のシャツを着ていて、背中には綺麗なバラをしょっているんだ！　睫毛の長い、大きな目がチャーム・ポイントさ。加々美さんとは長いつきあいでね――」

「おいおい、シオン。今回はあんまり原稿枚数がないんだ。馬鹿丁寧に自己紹介している余裕はないんだよ」

私は彼のおしゃべりを遮った。

「え、そうなの？」

「そうだよ。だから、今回は名前だけ読者に伝えて終わりにしてくれ。後は、読者に、僕らが以前出ていた小説を読んでもらうよう勧めるだけさ」

「まあ、加々美さんがそう言うならいいけど」

シオンは不満そうに、口を尖らせた。

――かくいう私の名前は加々美光一。二階堂黎人という推理作家の書いた『奇跡島の不思議』という長編や、二〇〇〇年の夏に講談社文庫から出た『「Y」の悲劇』というアンソロジーに収録された「「Y」の悲劇――「Y」がふえる」という短編でも語り手を務めている。ギディオン・フェル博士が密室講義で吐露したとおり、我々一同は、それらの小説に出てくる登場人物なのだ。

「ねえ、加々美さん。そんなことを地の文で説明してもさ、初めてボクらの小説を読む人は、かえって面食らうんじゃないの？」

「仕方がないだろう。これで納得できない人は、二階堂黎人のウェブサイト《二階堂黎人の黒犬黒猫館（http://homepage1.nifty.com/NIKAIDOU/index.html）》でも見てもらうしかないな」

「要するに、この短編ってさ、小説の登場人物自身が読者に話しかけながら、己の体験した出来事を語るという、いわゆるメタ・ミステリーって奴なんだよね」

「そういうことだ」

私は頷いた。しかし、それ以上、細かいことを言うつもりはない。何しろこの雑誌は、鬼のようなミステリー・マニアたちが読むものだから。

「ところで」と、シオンはキョロキョロした。「ボクらの他に、今回は誰がこの小説に出るの？」

「おいらが出ますよ、シオン君」

すぐに答えたのは、太っていて丸顔の、《ダルマ》というあだ名がある木田純也だった。だらしなく伸びた髪。黒縁メガネの奥にドングリ眼がある。

「あたしも！　あたしも！」

負けじと手を上げたのは、美少女キャラ的な性格付けのされた武田留美子だった。

彼女はシオンの従姉だ。全身ロリータ・ファッションの塊《かたまり》で、フリルとリボンだらけのピンクの服を着ている。

「俺もだ。俺も忘れるなよ」

渋い声で言ったのは、背が高くて痩せぎすな麻生真梨央だった。長い髪にほっそりした顔。銀縁メガネの後ろに思慮深い視線。ちょっとジョン・レノンに似ている。

高校三年生のシオンを除いた私たち全員が、如月美術大学の学生である。《ミューズ》というサークルに属している。

「ねえ、これで終わり?」

シオンが尋ねる。

「終わりだよ、シオン。そして、今回の死体役はだね——」

と、私が言いかけると、木田が肩をがっくり落とし、しょげた声を出した。

「それはおいらの役っすよ。今回は、おいらが密室の中で殺されていたんすね。頭を鈍器で殴られ、首を細いロープで絞められた状態で」

「いやーん。ルミ子、こわーい!」

彼女が身震いしながら顔を背け、恋人の私にしがみついた。

「よしよし、大丈夫だよ、ルミ子」

私は、彼女の頭を撫でてやった。

「最初に木田の死体を発見したのは、俺と加々美だったな」

と、真梨央が腕組みして言った。

「そうでしたね、麻生先輩」

私は彼の方へ顔を向け、頷いた。

「どこで？」

シオンが興味津々の表情で質問した。

真梨央は腕をほどき、長い手をまっすぐに横手に伸ばした。

「そこだ——」

暗闇の中に別のスポットライトが当たり、一面の砂浜と、その中央にぽつりと置かれた一台の自動車を浮かび上がらせた。紺色のセダンで、フロント以外の窓には、濃い黒のフィルムが貼られている。

「これ？」

「ああ、その車が殺人現場であり、死体発見現場だった。一般常識ではあり得ないような、摩訶不思議な密室殺人の舞台なのさ——」

3

私たちは、砂浜が五百メートル以上も延々と続く寂しげな海岸にいた——と思ってほしい。半月状にえぐれた湾で、遠い先の方にある岬には少しだけ岩場が見える。夏ならば、海水浴客でいっぱいになるであろうこの場所も、十一月の中旬という設定では、人っ子一人いない。それはそうだろう。やたらに寒いだけだし、海の色も冷たい灰色に見える。

「つまり、犯人は、砂浜の真ん中に止まっている車に足跡も残さず近づき、運転していた木田さんを殺害し、また足跡を残さず立ち去ったというんだね？」

シオンは青ざめながら尋ねた。

真梨央は前髪をかき上げ、悔しそうな顔をして、

「そうだ、シオン。その上、自動車は内側から確実にドアがロックされていたんだ——」

ルミ子はびっくりした顔で私の腕につかまり、

「ねえ、加々美さん。どうして車が密室になるの？　ルミ子、わかんなーい！」

と、甘えの混じった声で尋ねた。

「砂浜とくれば、足跡のない殺人というのが通り相場っすね」

と、木田が横から口を挟む。

「しかし、それだけではなかったんだよ、ルミ子、シオン」

と、私は付け足した。

真梨央は頷き、苦々しい声で説明した。

「今も言ったとおり、砂の上には犯人の行き来した足跡がなく、その上、自動車を使った密室トリックが施されていたのだ。足跡のない殺人＋密室殺人という驚愕の事態だった。密室マニアの作者が考えそうなひねくれた状況設定だよ」

「でもさ、ずいぶん殺風景な場所を舞台に選んだものだね」

シオンがあきれたように言う。柔らかな髪が、冷たい潮風に揺れている。

「俺たちのいる周囲に何が見える、ルミ子？」

と、真梨央が質問した。

ルミ子は小首を傾げ、ぐるりとあたりを見回しながら、

「寒々とした海でしょう。広くて灰色の海岸でしょう。それから、海岸に沿って走る片側一車線の道路。ガードレールがあって、五メートルほどの高さの堤防があり、そして、その下に砂浜がある形ね。道路の向こうには、民家や白亜のレストランがあるわ。お洒落！　イタメシ屋かしら！」

「で、その砂浜の真ん中に、紺色の自動車が止まっているわけだ。外車で、十年ほど前のアウディかＢＭＷあたりのドイツ車だと思ってもらえばいい。左ハンドルだな」

「そうなの？　ルミ子、車のことって、よくわかんなーい」

「まあ、いいさ。車種はそれほど問題じゃないんだ。重要なのは、死体が車内にあ

り、ドアはロックされ、エンジン・キーはハンドルの所の鍵穴にささったままで、トランクもロックされていたということなんだ」

「待って、待って！」と、シオンはあわてて遮った。「自動車のドアって、ロックしてからドアノブを握った状態で外からしめると、施錠状態になるんでしょ？」

「そのとおりだ。しかし、この車には、もっとびっくりするような仕掛けがあったんだよ。四枚ある窓の枠やドアの隙間に、内側と外側からガム・テープが貼られ、目張りがされていたことだ。トランクの隙間にも同様にな。言うまでもないが、シオンが指摘した方法でドアをしめたとしたら、ガム・テープを内側に貼り付けることなどできはしない」

「ええっ、本当」

シオンは大きな目をさらに丸くした。

「本当だよ。な、木田？」

と、真梨央は思慮深い眼を、動きの鈍い後輩の方へ向けた。

「そ、そうっすよ。あの車の中で、おいらの無惨な死体が見つかった時、車のドアやトランクには内外からガム・テープがビッシリ貼られていたんす。ドアはロックされ、キーも車内にあったんすから」

「ダルマの死体を最初に見つけたのは、俺と加々美だ」

「それから、三番目がボクだよね！　今、思い出したよ」

と、シオンが都合良く言った。

真梨央は頷き、

「そういうことだ、シオン。しかも、トランクをあける時には、お前も俺たちを手伝ったじゃないか」

「ああ、そうだった！　それも思い出した！　麻生さんと加々美さんがトランクをあけようとしているところへ、ボクが駆けつけたんだ。殺人事件と聞いて、心臓が喉から飛び出すほど驚いたよ」

「本当に、心臓が出かかっていたぞ」

私は冗談を言った。

「一番最後に現場に着いたのは、あ・た・し」と、ルミ子も自己主張しながら言う。

「もう、ガム・テープは全部はがしてあったけど」

真梨央は苦笑いをした。

「君はダルマの死体を見て気絶したんだぜ、ルミ子。俺と加々美とで抱き留めなかったら、砂の上に倒れていたところだ」

「ねえ、ねえ」と、ルミ子が私の腕を引っ張り、すねたように言う。「加々美さん。ダルマ君の死因はなあに？　どういう風に、彼は死んでいたの？」

しゃべり方や仕草のせいで幼い感じがするが、これでも、ルミ子の方が木田より一年先輩である。

木田は忌々しげな口調で、

「誰かに絞殺されたんすよ、ルミ子さん——ほら、見てください。まだ首の所に細いロープの跡が残っているでしょう。後ろから鈍器で後頭部を殴られ、意識を失ったところを絞殺されたんすね。それで、おいらは窒息死したんですよ」

木田のつむじのあたりには、まだ大きなコブがあった。あの時、その部分はパックリ割れて、かなり血が流れていた。

「自動車を運転中に？」

シオンが、胡散臭そうな眼をした。

「いいや、ちょうど、砂浜のあの場所に止めた時だったっすよ。襲われたのは」

「ダルマさんは、何で、朝早くからあんな所へ行ったのさ」

木田は肩をすくめた。

「さあ、何でですかね。思い出せないっす。頭に血が巡らなくなったので、記憶が途切れているんすよ――まあ、どんなもっともらしい理由を付けたところで、結局は、作者が密室殺人をやりたかったことの言い訳にすぎないわけだし――」

「そんなことを言ったら、身も蓋もないじゃないか。嫌だな、ダルマさんは！」

「まあまあ」と、真梨央が割って入った。「俺たちがもめたところでしょうがない。殺人事件は既成事実として起きたことになっているんだ。解っていることや判明している事実を、順繰りに検討してみようじゃないか」

全員が、この年長のリーダーの提言に頷いた。

私は顎を手で撫でながら、

「――堤防の上にある道路から車まで、最短距離で五十メートルある。車から波打ち際までは、事件発覚当時で四十メートル。今は引き潮だから、幅が広がって五十メートルはあるな。満ち潮でも、道路から二十メートルまでしか近づかないそうだ。今日で言えば、午後四時頃らしい」

シオンは後ろを振り返ると、

「浜辺への入り口はずいぶん向こうにあるね。百メートルほど先かしらん？」

「車が車道から浜辺へ下りられるのはあそこだけだ。距離はそのくらいだろう。僕と麻生さんが、ここにこの車があるのを道路の上から見つけた時、砂浜には、一筋の車のタイヤ痕しかなかった。人間の足跡はなかったんだよ」

「砂は乾いていて柔らかいね」

と、シオンは足下を見る。もう、何度も、何人も、道路から車まで往復したため、誰がどのような感じで、何回、砂の上を歩いたか、多数ある乱雑な足跡の様子から判読するのは無理であった。

「加々美さん、質問していい？」

と、ルミ子が遠慮がちに口を挟んだ。

「いいよ」

「加々美さんたちは、どうして、この車の様子を見に来たの？」

「特に理由はないんだ。ただ、ポツンと砂浜の真ん中に車が止められていて、しかも人気《ひとけ》がないんで、ちょっとだけ不審に思ったんだよ。それで散歩がてら側に寄ってみたんだ。まさか、ダルマがこの中で死んでいるとは思わなかった」

「具体的にどんなふうに死んでたの？　ハンドルに顔を押しつけてた？」

ルミ子もさすが女性である。死体に対する怖れよりも、好奇心の方が大きいようだ。

「俺が答えよう」と、真梨央がその役目を買って出た。「ダルマは普通の格好では死んでいなかったんだ。死体のこいつは、裸に近い格好だった。喉に絞殺用の細いロープを巻き付け、革製の黒いブラジャーと、黒いパンティを身に付けているだけだった。もちろん、女物をだ――」

4

「く、黒いブラジャーに、黒いパンティだって！　本当!?」

驚いたシオンが素っ頓狂な声を上げる。

今はフリース・ジャケットにチノパン姿の木田は、恥ずかしさで真っ赤になり、

「ほ、本当ですよ、シオン君。おいらは、そんな馬鹿げた格好で死んでいたんですよ。犯人が、おいらの服を脱がして、代わりに、そんな物を着せたんです」

「何で!?　どうしてよ!?」

真梨央は苦笑すると、

「悪い冗談だ。それはSMプレイのコスチュームなのさ。つまり、引き潮の浜辺に死んでいたマゾヒストの男というわけだ」

「わけって？　意味があるの？」

私が、シオンに答を教えることにした。

「シオン。《引き潮のマゾ》さ。ディクスン・カーの長編の題名に『引き潮の魔女』というのがある。それにかけてあるんだよ」

「じゃあ、見立て殺人かもしれないの？」

驚愕に目を見開いたシオンは、大声を上げた。

「かもしれない。けれども、この短編の枚数から言えば、そんな凝った内容ではないだろう」

と、私は冷静に分析をする。

「くっだらなーい」と、ルミ子は口を尖らせた。「変な冗談！」

「それより、事件の話をしよう」

と、真梨央が仕切った。作者の悪ふざけに、いちいち付き合ってはいられない。

彼は腕時計に視線を落とし、

「事件が発覚したのは、今から二時間前、午前八時のことだ。設定として、俺たちはこの近くのプチ・ホテルに泊まっている。俺と加々美は朝食前の散歩に出て、この海岸まで歩いてきた。そして、砂浜に、一台の外車が止まっているのを発見したわけだ」

「そのとおり」

私が相づちを打つ。

「俺たちは車に近づき、フロント・ウインドウから中を覗いた。そして、ダルマが今言ったような不気味な格好で死んでいるのを見て、びっくりしたわけだ」

「麻生先輩。不気味はないでしょう。不気味は」

木田は膨れっ面をしてみせた。

しかし、真梨央は無表情に、

「いいや、あれは不気味だった。吐き気がした。気持ちが悪かった。何しろ、お前みたいに太った奴が、裸で、腹の贅肉を弛ませ、女物の黒いブラジャーと、パンティをはいただけで殺されていたんだぞ。一目見て、悪寒が全身を駆け抜けたほどだ」

「そこまで言いますか」

と、木田は泣きだしそうな顔をした。

真梨央は相手にせず、説明を続けた。

「ドアはすべてロックされ、窓枠などの隙間にガム・テープが外側と内側からベッタリ貼られているのが見えた。ところが、中には死体だけがあり、犯人の姿は車内にも車外にもない。そういうまったく不思議な状況だった」

「ダルマさんの死体は、どんな格好だったの?」

シオンが質問した。

「ダルマの死体は、運転席と助手席の間に挟まるような格好で横たわっていた。俯《うつぶ》せというより、右腹を下にした感じでだ。頭をダッシュボードの方へ向け、足は膝の所で折り曲げられて、後部座席にのせられていた」

「そうか!」と、シオンが手を叩き合わせた。「それで、あの時、麻生さんと加々美さんは、ドアを全部あけてたんだね。そうでないと、ダルマさんの死体を外へ引きずり出すことができなかったんだ!」

私は深く頷き、

「そのとおりさ。死体は、運転席と助手席の背凭れに挟まっていたからね。重たいし、外へ出すのは苦労したよ。それに、テープの粘着剤のせいか、シンナーか何かの刺激臭が少ししたんで、空気を入れ換えるためもあった。だから、ドアをどれも全開にしたのさ」

「ねえ、質問!」と、ルミ子が手を上げる。「ドアはロックされていて、キーは車内にあったんでしょう? どうやって、外からロックをはずしたの?」

「まず、車外のガム・テープを全部はがしてから、運転席側のドアの窓ガラスを鉄棒で殴って割ったんだよ。何度も叩く必要があった。ハンドルの下の鍵穴にキーがささっているのは外から見えていた。割った所から腕を中に入れ、ドア・ロックをはずし、窓の内側に貼られたテープも剝がせる所は剝がした。それから、ドアをあけたんだ」

「他のドアも？」

「そうだ」麻生はあの時の苦労を思い出したのか、「俺が車内へ入り、他の三ヵ所のドアのテープを剝がし、ロックも全部はずした。あの外車は国産車と違って、集中ドア・ロックは装備されていないんでね。それから、外で同じようにテープを剝がしていた加々美に、ドアを引っぱってもらってあけたわけだ」

「鉄棒はどこにあったの、麻生さん？」

シオンが尋ねる。

「道路の方へ一度戻り、わざわざ捜してきたのさ。石でも拾ってこようと思ったら、ガードレール脇に都合良く落ちていた。慈悲深い作者が用意してくれたんだな」

私が補足説明をした。

「その後は、シオンも知っているとおりだよ。ダルマの重たい死体を外へ出して、死亡を再確認した。それから、念のためにトランクの中も調べることにしたんだ。しかし、これも内外からガム・テープの目張りがされていて、あけるのに手こずったわけさ」

「その時にボクがちょうど来て、手伝ったんだったね」と、シオンが納得顔で言う。

「道路から見たら、二人が変な車の後ろで何かやっているんで、どうしたんだろうと思ったんだ」

「何を手伝ったの？」

ルミ子が興味津々の顔で訊く。

「加々美さんが、ハンドルの所に差してあった車のキーを抜き、麻生さんに手渡した。麻生さんが、それでトランクの鍵をはずし、外側のガム・テープをバリバリ言わせながら剥がした。その間に、加々美さんがトランク・スルーになっている後部座席の背凭れを倒してくれたんで、ボクがそこからトランクの中に潜り込み、内側のガム・テープを綺麗に剥がしたというわけさ。暗い中での作業だったから、けっこうたいへんだったんだよ、ルミちゃん！」

シオンは鼻高々に言う。

「トランク・スルーって何？」

私が代わって説明した。

「スキー板みたいな長い物を積むために、トランクと客室をつうつうにするための機構さ。それから、外車には、日本車みたいにトランク・オープナーなどという便利な装置がない場合も多い。この車もそうだったので、トランクをあけるのにキーが必要だったんだ」

ルミ子が顔を曇らせながら、

「トランクの中に、何かあったの？」

「ああ、凶器が見つかったよ」と、真梨央は重々しく頷いた。「血がかすかに付いた金槌だ。これでダルマの頭を犯人が殴ったのだろう」

「麻生先輩。質問していいっすか」

と、木田が恐縮した顔で言った。

「何だ？」

と、真梨央は視線を向けた。

「おいらは死んでいたんで解らないんすけど、誰かがトランクの中に入って、ボディとの隙間にガム・テープの目張りをしたんすよね。だったら、トランクは閉じているわけだから、犯人はそこから出るわけにはいきませんよね。トランク・スルーから座席側へ移っても、そこのドアや窓にもガム・テープが内側から貼られていたんすよね。だったら、犯人は、いったいどこから車外へ出たんすかね」

「まさに、それがこの密室の一番不思議な点さ。それを俺たちは考えているんだ。四枚あるドアや窓、トランクの閉じた時の隙間すべてに、内側と外側からガム・テープがびっしり張り巡らされていた。そんな状況で、犯人はどうやって車外へ出たのか、まったく方法が思いつかない。さらに言えば、車の周囲にも足跡はなかった。空を飛んで逃げたのでもなければ、犯人は煙のごとく消失したことになる」

「実に訳の解らない事件っすね」

と、木田はため息をついた。

「そのとおりだ、ダルマ。誰が犯人か、どうやって、この車を密室にしたのか、すべてが深い謎なのだよ」

真梨央の声には、疲労感が漂っていた。

5

「やっぱり無理だよ」と、シオンが口を尖らせて言った。「空気とか、水のような液体じゃなくちゃ、そんなふうに完全に密閉された自動車の中から脱出できるわけがない！」

「でも、誰かがやったんだ」と、私は指摘した。「車の外側のガム・テープは、外へ出てから貼ればいいからたいした問題じゃない」

「きっとインチキさ。登場人物がインチキしたんじゃなければ、作者がしているんだよ」

「さあ、どうかな。それは最後まで読んでみれば解るだろう、この小説を」

ルミ子が大きな目を輝かせながら、木田に質問した。

「ねえ、ダルマ君は推理小説をよく読んでいるじゃない。だったら、何かトリックを思いつかないの？」

「そうっすねえ」木田は腕組みし、思案しながら答えた。「足跡に関してのみ言えば、飛行機やヘリコプター、その他の飛行物体を使って、ここから飛んで逃げたという方法はあり得ますね。しかし、それでは読者に対しアンフェアっすね。二階堂黎人という作者はそんな手は使わないでしょうし」

私も、彼の答に期待を込めて質問した。

「何かの道具を使って、ドアの内側に貼ってあるガム・テープを、車の外から貼るなんてことはできないのかい」

「この場合は、たぶんだめでしょうねえ、加々美さん。ディクスン・カーがある長編でそういう密室に挑戦しましたが、自動車のドアや窓は非常に機密性が高いですからね——それに、ガム・テープは間違いなく貼られていたんすよねえ？　外見上、そう見えただけではなく？」

答えたのは真梨央だった。

「そうだ。とてもしっかり貼られていた。それは事実だ」

「破ける音がしただけってことはないっすよね？」

「絶対に違う。破り取る時の強い抵抗や感触もあった。あれは、絶対にちゃんとした目張りだった」

「じゃあ、クレイトン・ロースンが考えた方法も使えないっすね」

木田は、カーやロースンが挑んだ密封密室トリックについて解説した。確かに、この自動車の密室の場合にはそれは使えない。

シオンは半分膨れっ面で、

「ねえ、みんな。これも、この前の『「Y」の悲劇』の事件とか、芦辺拓の《名探偵Z》シリーズみたいにさ、いわゆる超絶的推理じゃないと解決しないんじゃないかな。そもそも、常識的にはまったく無理な話だもの」

「俺はそうは思わないな」と、私は首を横に振った。「二階堂黎人が二度も同じ手を使うとは思えないぞ」

私の作者に対する期待値はわりと高い。

「推理小説作家なんて、いい加減な奴らに決まっているよ！」

と、シオンは決めつけた。

「さあ、それはどうだろう。一部には信頼に値する作家もいるんじゃないか」

「あのね、いい推理作家ってのは、人を騙すのがうまい人のことでしょう。だったら、やっぱり信用できないよ！」

真梨央は皆に確認した。

「――それでは、これで、もう事件に関する状況説明は全部終わっただろうか。それと、今までの話の中に、事件を解き明かすための手がかりも含まれていただろうか」

「説明は終わったと思うっす」と、木田が慎重に答えた。「これ以上、新しい事実は出てこないでしょうね。しかし、手がかりが充分かどうかは、探偵役に聞いてみないと解らないっすよ」

「誰が探偵役なんだ？　お前か」

「いいえ、おいらじゃないっす。死体が探偵したら、有栖川有栖の『幽霊刑事』になってしまいますし」

「解った！」と、シオンが嬉しそうに言う。「今回も、カーのフェル博士の名前をもじったあの人が出てくるんだ！　増加博士、つまり《増える博士》がね！」

「まあ、そういうことだな、シオン」

と、私は頷く。そうに決まっている。

その途端、舞台全体が大きく振動で揺れ始めた。そして、舞台の袖の方から、ドシン、ドシンという、マンモスが歩くような地響きが伝わってきたのだった。

「おお、諸君！」と、鼓膜が破れるような大声がした。「わしは待ちかねたぞ！　ついにわしの出番が来たか！　おお、バッカスよ！　アテネの司政官よ！」

「増加博士だ！」

と、シオンが飛び上がって喜んだ。

「キャーッ！」

と、ルミ子が黄色い声を上げる。

二本の太い杖を突き、カバのような巨体を揺すりながら、増加博士が私たちの方へヨタヨタと歩いてきた。黒いリボンの付いたメガネを鼻の上にのせ、大げさなマントを羽織っている。

私が口を開こうとすると、

「いや、何も言うな、お若いの。問題はすべて承知しておる。もう一度繰り返すのは、原稿枚数や文字の無駄遣いというものだ」

「恐れ入ります」

「今回は、自動車を使った三重密室じゃそうだな」

「そうです」

「この作者は、そういうトリックばかり考案するのが大好きな奴だ。この前は、『密室殺人大百科』というアンソロジーで、五重密室なんていう面倒くさい話を書いておった」

「宣伝ですか」

「ウッホン」と、増加博士は咳払いをすると、「では、事件に関するわしの名推理を諸君に聞かせてしんぜよう。しかし、喉をしめらすのにビールがいるな。ビールを持ってこい！　いや、ビール・ジョッキの取手をわしが握りしめているように、さっさと原稿を書いてくれ！」

作者がそう書いたので、増加博士の手には大きなビール・ジョッキが出現した。

「ありがたい！」

彼は感謝すると、ビールを一気に飲み干した。しかし、すぐまたそれがいっぱいになる。手品のようだが、これが活字のありがたさだ。

「ねえ、ねえ、増加博士！　いったい誰が犯人なのさ！　どうやって、あの密室自動車から犯人は脱出したの！　早く話してよ！」

シオンが待ちきれず、焦れったそうな顔で尋ねた。

「よし、教えてやろう」

と、増加博士は大きな顔をシオンに近づけた。そして、太い人差し指を、まっすぐに彼に向けた。

「それは、おぬしだ、シオン君！　犯人はおぬしなのだ！」

「え、ボクが！」

彼は、腰を抜かしそうになるほど驚いた。

もちろん、私たち全員がびっくりした。できれば、読者も驚いてほしい。

「覚えておらんのか」

「ううん、ぜんぜん！」

シオンは首を激しく横に振ったが、私たちには、彼が嘘を言っているのかどうかの判断はできなかった。

「まあ、いいじゃろう。どうあろうと、事実は変わらん！」

「増加博士」と、真梨央が問いかけた。「シオンが犯人だとして、こいつはどういう密室トリックを使ったんです？」

「表面的に見ると、謎は派手だし技法的にも難しそうだ。しかし、順繰りに考えていけば、わりと簡単に解けるものなのだ」

「というと？」

「たとえば、犯人がどうやって砂浜の中央にある自動車まで足跡を付けずに近づいたかだが、それは自明と言えば自明だ。木田君が運転する車に、犯人が最初から一緒に乗っていたと考えれば、往路の足跡がないことは不可解な問題ではなくなる」

「それはそうですが……」

「後部座席かトランクに隠れており、車が止まった瞬間に、後ろから鈍器で木田君を殴ったというわけさ。絞殺はその次の作業じゃな」

「ゲエー、ボクがそんなひどいことをしたのか」

シオンは気持ち悪そうに言った。本当に青ざめている。どうやら作者は、彼に記憶を与えなかったようだ。

「それで？」

と、真梨央は先を催促する。

増加博士は、またビールをグビグビと飲んでから、

「犯人が車から離れることもさほど難しくはないぞ。一般的な例で言えば、事件が発覚するまでは車の中や下にひそんでいて、事件を知った人々が大勢集まった後、その混乱に乗じて現場を去ればいいのさ。あるいは、何食わぬ顔で、その人込みに紛れてしまえばいい。これで、来た時の足跡も、立ち去った時の足跡も存在しない、摩訶不思議な犯行が成立するじゃないか」

シオンは首をひねりながら、

「そうすると、増加博士。さっきボクが言ったことが嘘なんだね。道路から、車の側にいる麻生さんと加々美さんを見かけて近づいたというのが」

「そうだとも」と、増加博士は大きな顔を彼の方へ向けた。「おぬしは嘘をついた。おぬしは、犯行後もずっと車の所にいたのだ」

「でも、どこにですか」と、私は納得できず尋ねた。「車の中には誰もいませんでしたよ」

「トリックに関するすべての作業を終え、車の下に潜っていたのさ」

「車の下？」

「ああ、この小柄な若者だからできたことだ。背中は砂で汚れるが、乾いているから少しはたけば簡単に落ちる」

「でも――」

増加博士は、団扇《うちわ》のような手を振って私の発言を制し、

「この若者は、ロックを下ろしてから、ドアと窓の内側にガム・テープを貼り、トランクを使って外へ出た。それから今度は、車の外側から――大部分は、足跡を残さないように車の上に乗ったまま――ドアや窓やトランクの隙間にガム・テープを貼り付けたのだ。そして、車の下に潜ると、麻生君と加々美君がやってくるのを息を詰めて待っておったのだな。潜る時の砂の乱れは、手でならしておいたのは言うまでもない」

「それで、増加博士!?」

と、興奮気味に尋ねたのは、当のシオンだった。

「木田君を苦労して車内から下ろした麻生君と加々美君は、確認のため、トランクもあけてみることにした――おぬしたちは、何を期待して、あれをあけたんだね？」

と、増加博士は私たちに質問を向けた。

真梨央が答えた。

「まず、ダルマを殴った凶器を捜すためです。こいつの後頭部が傷ついていたので。それから、事件解決に繋がる証拠や、犯人の遺留品でもないかと思ったのです」

増加博士は喉の肉を弛ませて頷くと、

「おぬしたち二人は、死体調べの後に、トランクをあけてみることに決めた。これにも鍵がかかっていた上、外側にはガム・テープの目張りがされていた」

「じゃあ、その時に、ボクは車の下から這い出て姿を現わしたんだね」

シオンが確認する。

「そうじゃ。おぬしは、道路の方から来たかのような振りをして、何食わぬ顔で、彼らがトランクをあけるのを手伝ったわけだ」

すると、木田がメガネの奥で目をパチパチさせながら、

「しかし、増加博士。トランクの内部にもガム・テープは貼られていたんすよ。それでは、シオン君は、トランクの中から外へ出られないっすよ」

「そうかな?」

「ええ」

「麻生君」と、増加博士は彼の方へ顔を向けた。「おぬしもそう思うかな」

「思いますね。何度も言いますが、ガム・テープはベッタリと貼られていたんです」

「それを、誰が確認したんだ？」

「俺と加々美ですよ」

「だが、おぬしらが自分の目と手で確認したのは、ドアと窓の内外、それから、トランクの外側だけではないか。トランクの内部にも貼られていたことを、誰が確認したんじゃね」

「あっ」

真梨央は愕然とした顔で声を上げた。

「そうだったんすか！」

と、木田も叫び声に似た声を上げる。

私も喉の奥でうなった。

「そうか！」と、シオンも一拍遅れて叫んだ。「トランクの中のガム・テープを剝がしたと言ったのは、このボクなんだ。犯人である当人であるこのボクが！」

増加博士は私たちの顔を順繰りに見つめてから、

「まったくじゃよ、君たち。犯人の証言など、いかほども信じてはならんという実例じゃな。我々が認めうるのは、実在の証拠と推測ならぬ論理だけだ。

シオン君は、トランクの中に入り、ただガム・テープを剝がす真似をしただけなのじゃよ。実際には、内側のガム・テープは、幅にして半分だけ、トランクのへりに貼られていただけなのさ。

そして、後から来た振りをしたこの若者は、もう一度後部座席からトランクへ入ると、まずガム・テープを手で撫でて、完全に貼り付けた。それから、わざと音を立てるようにして、派手に剝がしたわけなんじゃよ」

「何てことだ――」

真梨央は悔しさに唇を嚙みしめた。

ルミ子がキョトンとしながら、私たちの顔を見回した。

「ねえ、加々美さん。トランクの中のガム・テープが半分しか貼っていなかったって、どういうこと？」

私は可憐な彼女の方を向き直り、

「つまり、トランクの内側の、車体側のへりの部分にしか貼り付けていなかったってことさ。これなら、蓋は自由にあけしめできるだろう。テープを片側だけ貼り、シオンはトランクから外へ出て、蓋をしめたわけだ。故に、内側の目張りはぜんぜん機能していなかったんだよ」

増加博士はしっかりと頷き、

「そうなのだ。その部分だけは不完全な貼り方で残っている。しかし、トランクをしめ、外側の隙間にガム・テープを貼ってしまえば、そんないい加減な状態でも誰にも見えんのだ」

「まるで奇術みたい！」

ルミ子が感極まったように言う。

「そのとおりじゃよ。一部を見せて全部を見たように錯覚させる、あるいは、ほとんどを見せて、残りの一部も見えたかのように錯覚させる——それが、腕の良い奇術や、推理小説の名トリックというものなのだな」

「だから、トランクをあけようというまさにその瞬間に、ボクが登場した！」

シオンが、あの時の自分の立場を強く訴える。

増加博士はビールをもう一杯呷ってから、

「——というわけで、犯人が車まで往復した足跡が砂浜のどこにもなかった。その上、この時点までの間に、麻生君と加々美君は、窓を破る道具を探しに道路まで往復している。つまり、もう砂の上の足跡はかなり乱れた状態になっていた。ルミ子君までやって来たとあっては、犯人の足跡——あるいは、シオン君の足跡——をいまさら探求することなどは困難じゃった」

ルミ子はニコニコ笑いながら、

「画期的なトリック！」

と、無邪気に喜んだ。

私の方は、足跡トリックはたいしたことがないなと思ったが、黙っていることにした。

増加博士は満足げな顔で、

「まったくじゃな、可愛いお嬢ちゃんや。シオン君が、この二人の先輩の前に現われる瞬間が一番きわどい場面だったが、二人の注意はトランクの鍵に集中していたし、堂々とそれを演じたので、ついぞ見破られることがなかったのさ」

「そうっすか、そういう一連の方法で、おいらは密室殺人の犠牲者になったんすかあ」

と、木田も深く感銘を受けたように言う。

シオンはいたずら心を動かしたのか、

「でもね、増加博士。もっと別に、ボクが犯人だという明白な証拠はあるの？」

と、尋ねた。

もちろん、増加博士はまったく動じなかった。

「状況証拠はもはや充分に揃っておる。また、おぬしの先ほどの証言などは、非常に重要な証拠となろう。

おぬしは加々美君がハンドルの所に付いているキーを抜き取り、麻生君に手渡したのを見たと言った。しかし、おぬしが来たのは、彼らがトランクをあけようとしていた時のはずだ。だとすれば、そんな場面を目撃したはずがないではないか」

「ああ、そうかあ！　しまった！　失言しちゃった！」

シオンは恥ずかしそうに頬を赤らめ、頭をかきむしった。

ルミ子は皆の顔を見回して、

「で、動機は何なの？　シオンがダルマ君を殺した理由は？」

増加博士はビールを飲み干すと、

「ウォッ、ホッ、ホッ」と、愉快そうに笑った。「お人形ちゃん――おっと、これは、わしの友人の《目減卿《めべり》》のセリフじゃった――お嬢ちゃんや、おぬしは何だと思うかね」

「あたし、わかんないわ」

「ならば、シオン君はどうじゃな？」

増加博士は、彼の方に赤ら顔を向けた。

「ボクも解んないや！　現実のボクは、友達を殺すような悪い人間じゃないもん！天使のような少年なんだからね！」

増加博士は太鼓腹を揺らして笑いつつ、

「小説の登場人物に、現実のボクも虚構のボクもあるまい」

と、シオンをからかった。

私は苦笑しながら、彼のほっそりした肩を叩いた。

「シオン。それはもちろん、作者がこの推理小説を書くためだよ。ただそれだけのことなのさ。誰かが殺人を起こさなければ、殺人事件にならないからね。それが推理小説の道理だろう？」

「そんな！」シオンは目を怒らせた。「そんな単純な事でいいのお！　きっと読者が怒るよ！」

「仕方がないさ」と、私は肩をすくめた。「本格推理小説として、犯人当ても、動機探しも、トリック解明も一編の短編に期待するならば、やはり原稿用紙換算で最低八十枚は欲しいって作者はいつも言っているからね。不満があるなら、シオン、お前からページを増やしてくれって、『ミステリマガジン』の編集者に頼んでみるんだな」

幕間の道化芝居その二

「――まったく呆れ果てたよ、二階堂さん」

「何がだい、シオン君？」

「前の作品に続いて、この『最高にして最良の密室』の結末も、単なる楽屋落ちじゃないか。こんな真相は、二階堂さんと『ミステリマガジン』の編集者の今居さん（仮名）以外には解りっこないよ」

「そ、そうかな？」

「どういうつもりなんだろう、この人ったら」

「カーの『第三の銃弾』完全版は、その後、ハヤカワミステリ文庫に入りました」

「そんな話で誤魔化してもだめだよ。少しは恥を知りなさい、恥を」

「ははあ、御前様」

「それにしてもさ、どうしてこんな変な密室殺人ものを書いたのさ。車の中が殺人現場で、中から完全に目張りされているなんていう」

「目張り密室はね、密室殺人の中でも一つのジャンルを成しているんだよ。数は少ないけどね」

「他にどんな作品があるの、二階堂さん?」

「クレイトン・ロースンの名短編『この世の外から』、カーの長編『爬虫類館の殺人』、荒巻義雄氏の『天女の密室』、法月綸太郎さんの『密閉教室』、最近では有栖川有栖さんの長編の『マレー鉄道の謎』とかかな。《e-NOVELS》にも、大山誠一郎氏の『彼女がペイシェンスを殺すはずがない』という素敵な短編がアップされている」

「《e-NOVELS》って?」

「電脳作家の小説発表の場さ。ウェブサイトの《http://www.e-novels.net/》を見てごらん」

「だけど、何で、車における目張り密室なの?」

「実はね、だいぶ前に、ある日本の女流ミステリー作家が、ロースンの短編のトリックをそのまま使って、車での密室ものを書いたことがあるんだ。だけど、扉を開く時の、バリッと破れるあの肝心な音の仕掛けがないから、まったくトリックの体を成していなかったんだよ。トリックを流用するなら流用するで、もっとちゃんと使うべきだろう。それで、今回、ボクが真面目に、車の目張り密室を書いてみようと思ったわけさ」

「あんまり真面目とは思えなかったな」

「それは見解の相違だね」

「うん。相違だね」

「——シオン君。話題を変えるよ。次の『雷鳴の轟く塔の秘密』のことだけどさ、これはね、この本のためにわざわざ書き下ろしたものなんだよ」

「何だ。二階堂さんも、やればできるんじゃないか。そういう具合に、もっと精力的に仕事をしようよ」

「僕の仕事量って、少ないかな」

「少ないね。作家たる者、平均、年に三冊は本を出さなくちゃ。折原一さんや西澤保彦さん、柴田よしきさんなどをもっと見習ったら」

「でも、シオン君。僕だって、これまで年平均二冊の本を出してきたんだよ」

「それっぽっちじゃあ、ぜんぜん足りないよ。流行作家にはなれないね。目指せ、新本格の西村京太郎！」

「それは、いくらなんでも……」

「『雷鳴の轟く塔の秘密』は、相も変わらず密室ものなの?」

「もちろんだよ。この本の掉尾《ちょうび》を飾る大作さ。何しろ、二大名探偵の対決——巨匠の推理合戦が見られるんだからね」

「誰と誰?」

「本の題名どおり、増加博士と目減卿だよ」

「ああ、あのおデブちゃんたちだね」

「シッ!《デブ》は差別用語だよ。体重の重い方に不自由な人って言わなくちゃ」

「何で、増加博士と目減卿が対決するわけ」

「ディクスン・カーが生んだ二大名探偵に、ギディオン・フェル博士とヘンリー・メリヴェール卿がいる。カーは、いつか、この二大探偵が同時に出てくる作品を書くはずだという噂が昔からあったんだ。しかし、それは実現しなかった。そこで、僕がその趣向をやってみようと思ったわけだよ」

「探偵と探偵が競い合う話って、他にもある?」

「あるよ。古くは、モーリス・ルブランの『奇巌城』や『ルパン対ホームズ』、最近だと、レオ・ブルースの『三人の名探偵のための事件』、わが国なら、西村京太郎の

『名探偵が多すぎる』とか、最近だと、芦辺拓さんの短編『フレンチ警部と雷鳴の城』なんかもそうだね」

「なるほど」

「この事件では、増加博士と目減卿が、がっぷりと四つに組んで、摩訶不思議な事件に立ち向かうんだよ」

「二人の体重で、きっと頁が破れるかもね。穴があいて向こう側が見えちゃうよ」

「あ、そのメタな趣向いいねえ。使っちゃおうかな。穴のあいた所から、こっち側の登場人物が、向こう側の登場人物を殴り殺すとか」

「やめなよ」

「だめ?」

「だめさ」

「だって、すごくメタなトリックになるよ」

「馬鹿げている。くだらない。つまらない。貧弱」

「そうか……じゃあ、やめるか」

「何でもいいからさあ。早く物語に進もうよお。読者だって、いい加減、待ちくたびれていると思うよ」

「——という訳で、読者の皆さん。『雷鳴の轟く塔の秘密』です。どうぞ、御覧ください」

（暗転）

雷鳴の轟く塔の秘密

1

死の匂いがきつく染み込んだ曰《いわ》く付きの塔を持つ古い城の周囲に、本格探偵小説にはおあつらえ向きの雷鳴が鳴り響いていた。天は黒々と渦を巻く分厚い雲に覆われ、その下を、鋭く金色に輝く稲光が何度も繰り返し走る。時折、稲妻が落ちて、地震のような震えが大地を揺らした。その合間に、魔女の叫び声のような鋭い風が吹き渡り、赤松の森がザワザワと揺らめくのだった。

《雷鳴城》というのが、この古城の名前であった。名前の由来は、地形と気候の関係で、この地域に雷雨が頻繁に起きたからである。

《雷鳴城》は、T県U湖に近い山奥の森の中にひっそりと建っている。はるか明治時代、絹の輸出で巨万の富を築いたといわれる鴨谷《かもたにや》矢七《しち》という老人が、その晩年に、蟄《ちっ》居《きょ》の場所として使うために、わざわざイギリスのスコットランドから移築したものである。赤坂の迎賓館をやや小さくし、細かい装飾をはぎ取り、全体を黒く塗ったような本館は、たくさんの煙突と無機質に並んだ小さな窓だけが目立つ無骨な四角い建物だった。そして、その西側に、呪われた問題の塔——ひときわ高い方形造りの塔——が付随している。その塔は、誰からともなく《首吊りの塔》と呼ばれていた。

古城は、外も中も、すべて暗灰色のザラザラした冷たい石でできていた。今宵、廊下には鉤灯火が灯され、要所となる部屋の暖炉には火が入っていたが、幽霊がひそんでいるような暗がりを完全に払拭することはできなかった。しかも、寒々した冷気が常に足元を這っているのである。

外観は古いイギリス伝統の城だったが、中へ入ると、誰でも唖然とせざるを得ない。現在の城主の趣味なのだろうか——部屋であろうと廊下であろうと、どこにでも、古代エジプト時代の遺品や発掘品や石像などが飾ってあるからだ。たとえば、居間の暖炉の両脇にある、大きな二つのミイラの棺などがそれだった。こうした考古学品の数々は、エキゾチックかつ不気味な印象を訪問者たちに与えていた。

「おお、バッカスよ！　アテネの司政官よ！　何故、毎度、毎度、わしが登場すると、その事件の舞台となる場所では、稲妻が光り、雷鳴が轟き、落雷が地面を揺るがすのじゃろう。いくら読者や被害者たちの恐怖を煽り、不安感を募らせるためだと言っても、これではあまりにもあざとい演出だとは思わんかね」

ビール・ジョッキを振り回し、鎧戸を開け放した窓を通して聞こえてくる雷鳴にも負けぬような大声で喚いたのは、我らが名探偵、増加博士である。彼は相撲取りも顔負けの巨大な体の持ち主で——体重百二十キロ以上——丸い赤ら顔に山賊髭を生やしている。黒い幅広のリボンを付けたメガネごしに、子供のようないたずらっぽい目が光っている。

私は苦笑しながら、

「仕方がありませんよ、増加博士。それが、この作者の狙いそのものなんですから。いくら常套手段とはいえ——いえいえ、常套手段であるからこそ、こうした古典的な探偵小説の導入部にはふさわしいんです」

と、返事をした。

私の名は加々美光一。如月美術大学の学生である。この小説の語り手であり、ということは、名探偵の助手役兼ボンクラ役を務めるワトソンでもある。

増加博士は大きな体で苦労しながら、自分で、テーブルの上のビア樽からビールをグラスに注いだ。

「君の言う作者とは、密室殺人が出てくる小説ばかり書いている二階堂黎人のことかね、加々美君？」

「ええ。そして、ディクスン・カー大好き人間の二階堂黎人のことですから、当然、カーの小説の真似をして、事件の重要な場面になれば雷鳴を鳴らすんです。しかも、今回は苔むした古城が舞台ですからね。ますますこの古色蒼然とした雰囲気にピッタリの音響効果として、雷鳴を鳴り響かせるのに必死なんじゃありませんか。盛んにキーボードを叩いていると思いますよ」

「あまりやりすぎると、効果も薄れると思うがね」

増加博士が言うと、隣でクスクスと笑う声が聞こえた。

「ねえ、加々美さん。どうして素直に、《密室狂い》とか《カー狂い》とか言わないの？」

オレンジ・ジュースを飲みながら尋ねたのは、少女のような顔をした武田紫苑だった。彼は高校生で、私の仲の良い友人という役所《やくどころ》だ。柔らかな長い髪はやや茶色く、頬はほんのりと赤く、唇は熟れていて、肌はどこまでも白い——まるで少女マンガに出てくる美少年そのものである。

私は小さく肩をすくめた。

「深い意味はないよ、シオン。《狂い》とか《キ×××》とか書くと、編集さんや校閲さんから、差別用語になるかもしれないから気を付けろという指摘が入るだろう。

だから、それを直すのが面倒なので、最初から作者が書くのをさけたのさ」

「なあんだ」と、シオンは言い、「お行儀のよろしいNHKじゃないんだからさ、世の中に、人に危害を加える恐れがある重度の精神障害者がまったく存在しないような振りまでしなくてもいいじゃないの」

「まあ、健常かどうかは関係ないのさ。ちょっとした気配りだよ」

私が苦笑いして返事をすると、増加博士は喉の贅肉を震わせてビールを呷り、意味もなく、

「エサウの愛のために！」

と、叫んだ。そして、ジョッキを下に置いて、私たち一同の顔を見回した。この古くて大きな樫材の丸テーブルには、巨匠と私とシオンの他に、さらに二人の人間が座っている。

「――そんなことより、君たち。わしらが何故、こんな辺鄙な場所へわざわざやってきたか、その理由を語ろうではないか。そうでないと、読者には、この物語の主旨や主眼がどこにあるかいっこうに解らんぞ」

「賛成ですね、増加博士――で、俺たちがここに集まった理由はなんですか。設定的には、東京からここまで来るのに、車で八時間近くかかることになっているんです

が」

質問したのは、麻生真梨央だった。私の大学の先輩で、背が高く痩せ型。四分の三が日本人で、残りはイギリス人という混血。思索型の性格をしており、哲学者のような思慮深い目が特徴だった。容貌的にはジョン・レノンか、『ムーミン』に出てくるスナフキンを想像してほしい。

「エジプト考古学のためじゃや！」

増加博士が言い放った。

「エジプト考古学？」

「それも、もっと詳しく言えば、ピラミッドに関する謎を解いたと豪語する男の話を聞きに来たのじゃよ」

「――ピラミッド？」

私は繰り返した。面食らうことばかりだった。私たち学生は、皆、目を丸くしている。

「そうじゃ、ピラミッドじゃ。もうすぐ、ある男がここへ来て、ピラミッドの建造に関する前代未聞の新発見――爆弾発言をする。それが、今回の事件の主題だな。御希望ならば、ヴァン・ダインの『甲虫殺人事件』やエラリー・クイーンの『エジプト十字架の謎』や島田荘司の『水晶のピラミッド』のように、この分野に関する専門知識をひけらかして、衒学《げんがく》的趣味を発揮することもできるぞ」

「それには及びませんよ」と、真梨央は小さく笑い、「しかし、増加博士。密室殺人はどうなんですか。いつもの博士の活躍する事件ならば、必ず、俺たちは密室殺人に巻き込まれることになりますが」

私もそうだと頷いた。

「『「Y」の悲劇——「Y」がふえる』や『最高にして最良の密室』などの例でも解るとおり、この後で、奇妙な不可能犯罪が、僕たちの身に降りかかると考えていいのでしょうか」

「それは当然じゃ。つまり、ピラミッドの謎と密室殺人の謎の両方を、わしらは解かねばならんということだな。作者に対して従順なる登場人物としては、どんな危険が待っていようとも、あまんじてその境遇を受け入れようじゃないか」

増加博士が愉快そうに言うと、彼の正面にいたもう一人の名探偵が、大きな拳でテーブルを強く叩いた。ビール樽やコップがその勢いに負けて飛び上がる。

「ふん。おぬしらなどまだいいわい。この乃公《おれ》を見ろ。先週も議会で下院議員に立候補させられそうになったあげく、こんな見知らぬ場所へいきなり放り出されたんだぞ。いまいましいったらありゃしない！」

ずり落ちたメガネ、ひしゃげた鼻、これ以上ないくらいに両端が下へひん曲がった唇——という悪相をしているのは、第十五代の准男爵である目減卿《めべりきょう》だった。体重九十キロの太っちょのため、膨れた腹の上で、チョッキのボタンが今にも飛び撥ねそうになっていた。彼もまた、増加博士と同様、犯罪捜査の巨匠としてその方面にはあまねく名を知られている。

「目減卿、初めまして。お名前はかねがねうかがっております」

私は、このシリーズに初めて登場した大人物にあわてて挨拶した。

「こんにちは、目減卿！」

シオンも、元気な声を張り上げる。

しかし、目減卿から返ってきた声は恐ろしく不機嫌なものだった。

「今さら挨拶なんかしても遅いＹ——ほら見ろ——たった今、Ｙがふえるとか何とか書いたばかりだから、単語登録してある《Ｙ》の字が出てきてしまったじゃないか——乃公は、今さら遅いわいと言いたかったのに」

「どうもすみません」

私は頭を下げた。

「おぬしの謝ることじゃない――悪いのは作者だ――いいから、乃公にもビールのお代わりをくれ」

「はい」

私は、彼のグラスにビールを注いでやった。

「それにしても、豪華な面子ですね」と、真梨央が丸い銀縁メガネの縁に触りながら言った。「今回は、事件を解く他に、二大探偵の激突というすごい趣向もあるんですね。よっぽど作者は、新しく考えたトリックに自信があるんでしょう。お二人の名推理合戦が見られるとは、脇役冥利につきますよ」

「ホントだね。ボクもわくわくする」

と、シオンが嬉しそうに頷く。

目減卿はビールを一口飲み、疑い深い目をライヴァルの探偵に向けて質問した。

「増加博士。あなたは、作者が何を企んでいるかよく知っておられるようだな。そのピラミッドの謎の他に、具体的にはどんなことが起こるんだね。乃公にも詳しく教えてくれ。まさか、古代エジプト時代のミイラが蘇り、次々に殺人を犯すんじゃあるまいな」

増加博士は小さく咳払いをして、

「オホン。実を言うとな、目減卿。わしが知っているのはそれだけなんじゃよ。この後、どう話が転がるかはまったく知らされておらん——加々美君。君は、作者が、わしや目減卿に何をさせようとしているか知っているかね」

「ええと、さっきまで知りませんでしたが、たった今、都合上、知ることになりました」

と、私が答えると、

「おい、若造。どんな目的があって、作者の奴は、乃公と増加博士をこんな場末の城に連れ込んだんだ。どうせ、ろくな理由ではあるまい！　事件が馬鹿馬鹿しいものだったら、優柔不断な作者を乃公がこっぴどくとっちめてやる！」

と、目減卿が拳を振り回しながら吠えた。

私は居住まいを正して、

「解りました、増加博士、目減卿。本来なら、作者が自分でこの場に姿を現わして皆さんに説明するべきでしょうが、代わって僕からお話しします」

「ふん。あの臆病な作者が、わしらの前に堂々と姿を見せるはずがない」と、目減卿が皮肉を言う。「あいつはいつも、隠している犯人の正体を、物語の途中で読者に先に看破されるんじゃないかと、濡れ鼠のように震えてビクビクしているのさ。軟弱者に決まっている！」

「それはそうかもしれませんが――」

「いいか、乃公は、背筋がゾクゾクするような探偵小説が好きなんだ。だから、この事件も怪奇と恐怖に彩られていなくてはならない。どうせなら、極限まで不可解で、奇っ怪で、異常な話がいい――そうじゃないと、つまらないじゃないか」

「大丈夫ですよ。御期待に沿えると思いますよ」

すると、増加博士が、喉の肉を弛ませながら確認した。

「そうか。やっと作者も、本気を出す気になったというわけじゃな。小手先のトリックと、口先による誤魔化しばかりの話には飽き飽きしていたところじゃよ」

「まあ、そういうことですね」

私は彼の方に顔を向けて頷いた。

「とにかく、どんな複雑なトリックだろうと、どんな予想外の謎だろうが、わしの名推理にかかれば赤子の手をひねるようなものじゃ。その素晴らしい論理の前には、魔物とて退散するだろう」

その途端、すさまじい悪相で、目減卿が増加博士を睨みつけた。

「何だな、増加博士。そうするとあなたは、この乃公に挑戦しようというのか」

「挑戦と言うと？」

「もしやあなたは、乃公の推理力より、自分の推理力の方が優れていると考えてはいないかな」

　増加博士は目をキラキラ輝かせ、

「考えているのではない。事実そうなのじゃ、目減卿。何しろ、わしは、ヌーディスト・ビーチで三十人の女性がいっせいに浜辺から消えた《満ち潮の裸女》事件や、死んだはずの人間が蘇る《死者は飛び越える》事件を解決した実績があるからのう」

「そんなことを言えば、乃公は、あの世紀の大事件、白鳥が首切り殺人の犯人だったという《夕鶴城の殺人》や、ロボット製造工場で大量毒殺があった《工場借ります》事件を解決しているぞ！」

「ほほう。じゃから？」

「おぬしの自己評価は間違いだと、乃公は言っているのだ。不可能犯罪の巨匠という呼び名は、この乃公のためにあるものだからな」

「それは、読者が決めることだと思うが」

「だったら、増加博士。乃公とあなたのどちらが優れた名探偵か、この際、お互いの名誉にかけてはっきりさせようじゃないか！」

目減卿が大声を張り上げて言うと、

「わしに異論はないぞ」

と、増加博士は、余裕たっぷりの表情で答えた。

「よし、聞いたな、若者たちよ！」と、目減卿は口をへの字に曲げて、私たちの顔を順繰りに睨みつけた。「これで、増加博士と乃公との間の賭けが成立した。たった今から、知力を用いた壮絶な戦いが始まるのだ。おぬしたちはその証人だぞ、いいな――そして、負けた方が、金輪際、《不可能犯罪の巨匠》という看板を下ろすのだ――どうかね、この条件で、増加博士？」

「わしはかまわんよ」

「では、契約成立だ」

「首を賭けたっていい！」

増加博士がビールを掲げて宣言し、私たちは、二人の推理合戦が始まる証として、あらためて乾杯することにした。

それを祝福するかのように、窓の外を強い稲光が走り、地面を震わせるような盛大な落雷の音が何度も後を追って響いたのである。

2

「――おいおい。ようやく俺の出番のようだな、加々美、麻生」

と、音楽室に続くドアの方から現われたのは、私たちの美術サークルの仲間、四年生の、榊原忠久《さかきばらただひさ》だった。

四角い銀縁メガネをかけていて、神経質そうな顔立ちに、細くて切れ長の目と、尖った顎を持っている。皮肉屋で自信過剰、どんな時でも、目の前にいる相手を見下すのを忘れない。正直言って、あまり人から好かれる性格ではない。『デヴィッド・カッパーフィールド』に出てくるユーライア・ヒープか、アメリカの医療ドラマ『ER／緊急救命室』に出てくるロケット・ロマノのような男である。

「ずいぶん待たせるから、今日はもう話が始まらないのかと思ったぜ――ほほう。こちらのお二人が、名探偵の大先生方だな。増加博士と目滅卿か」

「そうですよ、榊原先輩」

私が答えると、非常な興味を持って増加博士が、

「そういう君は誰かな。見たことがあるような顔だが？」

と、メガネの掛け具合を確認しながら尋ねた。

「俺の名前は、榊原忠久。『奇跡島の不思議』という長編では《画伯》という渾名で呼ばれていた男ですよ。今回は、若き、著名な考古学者という役柄ですがね」

「ならば、おぬしが、ピラミッドに関する何か新しい大発見をした男なのだな」

と、横から目減卿が唸るような声で言った。

「ええ、そういう設定ですよ。したがって、今から俺のことは、ある有名大学の助教授ということにしておきましょうか。考古学専攻のね。そして、世界中にいる著名なエジプト学者たちを出し抜いて、俺が世界を揺るがすような大発見をしたというわけですよ」

目減卿は、若者の顔をじっくり眺め、

「――で、おぬしは、何を見つけたというのかね。アヌビスの正体を発見したのか、それとも、新しい王家の谷でも見つけたのかな。ツタンカーメンの秘宝にかかった呪いを解く方法を考えついたのかね」

「これは、ずいぶん性急な質問ですね、目減卿――重大な話を始める前に、俺にも何か飲ませてくださいよ」

そう言った榊原は、勝手にテーブルの上のグラスを取り上げ、ビールを注いだ。

「──乾杯。この俺の短い命に！」

彼はそう言って、グラスを顔の前に掲げる。

目減卿はやや目を細めると、相手がグラスを下ろすのを待って、

「そうすると、今夜、この嵐の古城で殺されることになるのは、おぬしなのか」

と、低い声で尋ねた。

「ははは」と、彼は虚無的な笑い声を上げ、「それだけは、作者の勝手なので、俺自身にはいかんともしがたいですな。逃れられない運命というわけですよ」

「どうやって死ぬんじゃね──密室の死かね」

増加博士が身を乗り出すようにして尋ねた。

榊原はそちらに顔を向け、

「まあ、あなたもそうあわてないで、増加博士。物語は順繰りに進めましょう。まずは、俺がピラミッドに関する新発見について言及するところからだ──いやいや、その前にもう一つ重要なことがあった。この古城にまつわる怪談を語らなきゃならなかったな」

「神は愚人を愛す！」嬉しそうに叫んだ目減卿は、「この古城には、古来からの、血塗られた伝説があるというのかね」

「そうそう。あなた方が舌なめずりして喜びそうな話がね。特に、十年前の事件の話は大事です」

「よし、教えてくれ！」

「現在のこの館の持ち主は、俺の友人で、三十五歳になるジョン・ノーマンというイギリス人です。表向きは小さな貿易商の社長ですが、実際には父親の遺産を食いつぶして暮らしている道楽者なんだ。エジプトの考古学品に凝ってしまってね。その彼の父親が、十年前に、この館の隣に聳《そび》える《首吊りの塔》の上にある小部屋から墜落して死んだんですよ。もちろん、あなた方の喜びそうな謎めいた死ですがね」

「謎めいたとはどういう意味だ。謎があるのかないのかはっきりしたまえ」

「謎は大いにありますよ」と、榊原は軽い調子で答えた。「何故なら、それは不可解極まる密室殺人だったので」

「なら、かまわん。どんな怪異も、どんな驚異も、この乃公にまかせておけ！」

目減卿は大声を上げ、自分の分厚い胸を拳で叩いた。

増加博士は山賊髭を太い指で撫でながら、

「榊原君。尋ねるがね、幽霊や亡霊や、さまよえる甲冑などは、この古城にいるのかね。あるいは、血に飢えた悪鬼とか」

「ふふふ、出ますよ。十七世紀のある荘園の領主、トーマス・ホプキンズ卿の亡霊がね。この男は酒と麻薬で頭をやられ、夜な夜な領地の若い女を《首吊りの塔》の小部屋に閉じ込め、陵辱の限りを尽くしたあげく、首をへし折って殺したんですよ。当時は、その塔は深い沼のほとりに建っていたので、領主は女たちの死体を窓から沼へ投げ捨てたんだそうです。それを知った領民たちが怒って、城に押し寄せ、領主を塔の窓からぶら下げて絞首刑にしてしまいました。それから、この城には——特に《首吊りの塔》には——そのホプキンズ卿の亡霊が、夜な夜な現われるようになったんです」

「ほほう、それは興味深い話じゃな」

榊原は目を細め、私たちの顔を見回し、

「惨劇はそれだけではありませんよ。三十年後のこと、仲違いしていた領主の息子がこの城に住むようになりました。父の死以降は、誰も《首吊りの塔》に上がらなかったのですが、ある日、息子のエドワードが肝試しをすることにしたのです。一晩、塔の上の部屋で過ごせるかどうか、従弟《いとこ》のニコラスと賭けをしたのです。彼はランプを一つと毛布を一枚持って、深夜の少し前に塔の階段を昇りました。

そして、翌朝、彼が下りてこないことを不審に思って、ニコラスと召使いが塔へ上がりました。木製の扉には内側から閂がかかっていて、いくら呼んでもエドワードからの返事がありません。二人は不吉なものを覚えて、急いで扉を蹴破りました。すると、エドワードが床の中央に倒れていたのです。胸に大きなナイフを突き刺して。室内には他に誰もいません。窓の鎧戸にも内側から掛け金がかかっていました。壁や床や天井には抜け穴などありません。つまり、現場は完全な密室状態だったわけです」

「したがって、犯行は幽霊の仕業だというのか」

と、目減卿が馬鹿にしたように尋ねた。

「当時の人が、そう考えたんですよ。壁や、鍵のかかった扉を空気のごとく擦り抜けられるのは幽霊しかいない——父親のホプキンズの亡霊が現われ、エドワードの命を奪ったのだとしても」

榊原は低い声で、相手を怖がらせるような言い方をした。

「何故、息子が父親の亡霊に命を狙われるんじゃね」

ジョッキを手にして、増加博士が尋ねた。

「自分が領主になるのに邪魔だった父親を殺すため、村人をこっそり先導したのが彼だったんですよ」

「なるほど」

「ふふん」

と、目減卿は鼻を鳴らしただけだった。

榊原は腕時計に目を落とし、

「それでは、現在の事件の話に戻りましょうか。まず、この小説の他の登場人物も紹介しなくてはなりませんね。ノーマンや、執事のマーク・グリーン老人、ノーマンの妻のエリザベスにも会ってもらいましょう」

「なんたることじゃ！」と、驚きの声を上げたのは、増加博士だった。「今回の登場人物は、なかなか多彩じゃないか。いつものレギュラー・メンバーだけでは足りないと言うわけか！」

真梨央が気がかりな風情で、部屋の中を見回し、

「榊原。そう言えば、ルミ子とタケシとダルマがいないな。奴らはこの話には出てこないのか」

「出るさ。ノーマンがダルマで、グリーン老人がタケシで、エリザベスがルミ子だ」

「ああ、そういう配役なのか」

今名前の挙がった三人も、私たちの美術サークルの仲間である。他のシリーズ短編を読んだことのある読者なら御存じだろう。

ルミ子こと武田留美子は、二年生で、私の恋人でもある。タケシこと日野原剛は、二年生でスポーツマン。一年生の木田純也は、やたらに太っているため、《ダルマ》という渾名がある。

ビールを呷《あお》った増加博士も目を輝かせながら、

「それぞれの登場人物が役者となって、それぞれ怪しい人物を演じるわけなのじゃな」

と、確認した。

「そうですよ。博識および慧眼《けいがん》で知られるあなたなら、そんなことはとっくに御存じだと思っていたんですがね」

と、鼻で笑い、榊原は、テーブルから、金色のピラミッド型のライターを取り上げ、タバコに火を点けた。

「何も、わしは神を気取ったことなど一度もないぞ」

「そうだぞ。乃公もそうだ。作者の考えることなど知ったことか！」

と、増加博士と目減卿は口々に言った。そして、二人も、葉巻を取り出すと、煙をくゆらせ始めた。

また城の近くで稲光が閃いた。室内は一瞬暗くなり、次の瞬間には恐ろしく明るい鉤裂き状の光に照らされ、轟音がそれに続いた。長く尾を引く不気味な音がやむのを待ってから、私は尋ねた。

「――榊原先輩。それで、今から十年前には、この古城でどんな惨劇が起きたんですか。それを教えてください」

彼は、タバコをスカラベを象《かたど》った灰皿の縁に置き、冷たい目を私に向けた。

「事件があったのは、一九九二年五月一日の夕方のことだ。夕食の前にその悲劇は起きた。これは、はるか過去に、ホプキンズ老の息子のエドワードの身に起きたのと同じような出来事だった。

ダルマが演じるジョン・ノーマンと、彼の父親――小柄でモジャモジャの白髪頭が目立つスティーブ・ノーマンとが、あることを元にして諍《いさか》いを起こした。激しい口論の原因は、半年後にジョンの妻となるエリザベス・コーディだった。このロンドン女はいろいろと評判の悪い娼婦で、ジョンは彼女と結婚したいと父親に頼んだのだが、スティーブが相手の身持ちの悪さを理由に頑としてそれを認めなかったのさ。

ジョンは定職に就かず、父親から金をもらって生活していたから、その命令に背くわけにはいかなかった。しかし一方、男に関しては百戦錬磨のエリザベスは、ジョンを見事に陥落して、自分にぞっこん惚れさせていた。ジョンは、この女なしでは生きていられないと思うほど、彼女に夢中になっていた。

父親はかなりの高血圧だが、それ以外は体は丈夫で、後十年も二十年も生きそうだった。だから、ジョンとしては、自然に父親が死ぬのを待っていることはできなかった。彼は早くエリザベスと結婚したくて何度も父親に頼んだんだが、どうしても許されなかった」

「それで？」

「二人が口論をした後、父親は頭を冷やすために《首吊りの塔》へ一人で上がっていった。夕食ができて、彼を呼びにいった執事のグリーンが、スティーブの死体を発見したのだ」

「どこでですか。塔の上の部屋でですか」

「ちょっと違う。グリーン執事は塔の階段を上り、部屋の木製の扉をノックした。しかし、返事がまったくない。中から閂《かんぬき》が掛かっていたので、中に誰かいるのは間違いない。不審に思った彼は、なおも名前を呼び続けたが、答える者はいなかった。

グリーンは階段を下りて、塔の外を半周した。外から、部屋の窓を見ようとしたのだ。主人が窓辺にいれば、下から呼びかける自分に気づくかもしれないと思ったわけだ。

ところが驚いたことに、主人のスティーブ・ノーマンの死体が、塔の根元に横たわっていたではないか。どうやら、窓から落ちて、無惨にも地面に叩き付けられたらしい。一目見ただけで、絶命していると解るようなひどい状態だった。愕然とした執事は、何とか気を取り直して、塔の上を見上げた。窓の鎧戸は外へ向かって開いている。それから、執事はあわてて古城へ人を呼びに戻ったというわけさ」

そう説明すると、榊原はタバコをふたたびつまみ上げた。

「事故ですか、自殺ですか」

私は解りきったことを尋ねた。

案の定、榊原はさげすむように私の顔を見て、首を横に振った。

「もちろん、他殺に決まっているだろう。死体の胸には刃渡り三十センチもある大型の鋭利なナイフが深々と突き刺さっていて、また、胸部や下腹部からも、鈍器で強く殴られた跡が見つかっている」

真梨央は、思案げな顔で質問した。

「榊原。だが、扉には、中から閂がかかっていたんだな」

「ああ、太くて長い角材の閂がな。それに、扉も分厚くてがっしりしている」

「ところが、室内には誰も――犯人はいなかったわけか」

「そうだ。いない。その点は、扉を壊して中に入った警察が確認している。室内には小さな木製のテーブルと二つの椅子があったが、それらが倒れたりして乱れていた。たぶん、犯人と被害者が争ったからだろう。また、螺鈿《らでん》細工のナイフの鞘が床に投げ出されていた」

「塔の上の部屋から、地面までは何メートルくらいある？」

「後で塔を見てもらえば解るが、約十五メートルというところだ。ビルの五階くらいかな。階段は方形の塔の西側にある。人一人が通れるくらいの狭いもので、中折れ式の階段になっていて、ジグザグに上っていく形になっている。塔の天辺近くにある小部屋も、せいぜい八畳くらいの広さしかない。四角い部屋で、天井は低い。階段はその部屋の横を通り過ぎて、塔の頂上まで達している。そして、今言ったとおり、木製の扉には閂がしっかりとはまっていたんだ」

「グリーン執事が事件の発生を告げに古城へ戻り、他の誰かや警察が駆けつけるまで、塔のあたりは無人になったわけだよな」

「まあな」

榊原はいぶかしげに答えた。

腕組みした真梨央は、

「だったら、まだ部屋に隠れていた犯人が、あたりに人気がなくなったのを見計らって逃げ出したのかもしれん。ザイルか何かを使って、塔の外の壁づたいにロック・クライミングの要領で地面まで下りたのさ」

「それは、可能性としてはかなり低い方法だ。警察もそうした方法を考えたんだが、いくつかの点から否定された。一つは、室内にはザイルなどを結ぶ場所がなかったし、何か爪状のもの――フックや鉄鉤――を引っかけた跡もなかったからだ。

もう一つ、これが肝心な点だが、犯人がそんな面倒なことをしなければならない理由が浮かばない。室内にいたのなら、扉をあけて階段を下りて逃げればいい。わざわざ窓から脱出するためのザイルやロープを持ってくるなんて、犯人の心理としたら理屈に合わないだろう。現場が密室でなければならない理由がないのにさ」

「もしかしてさ」と、シオンが指摘した。「事件を幽霊の仕業に見せかけるための演出じゃないの？」

榊原は彼の方を横目で睨み、

「中世のことならそれもあり得るが、これは現代の事件だぞ。誰が幽霊の仕業だと本気で思うものか。そんな馬鹿馬鹿しいことを考えるのは、お前のような子供だけだ」

と、吐き捨てた。

「何さ!」と、シオンは怒って頰を膨らませる。「さっきは、この城に幽霊が出るって言ったくせに!」

増加博士は大きな体を揺すり、

「事件の発生が確認された時点での、その他の人間たちの居場所は?」

と、榊原に尋ねた。

「執事のグリーンが古城へ戻った時、ジョンもエリザベスも音楽室にいたそうです。ジョンはピアノの名手で、彼女にモーツァルトを弾いてやっていました」

「脆弱なアリバイじゃないか」

と、真梨央が前髪をかき上げながら感想を述べた。

「ピアノの音は、塔へ行く前のグリーン執事や、コックの妻が聞いていたそうさ」

と、榊原は話の腰を折られたのがおもしろくなさそうに言った。

「あ、それってきっとテープに録音したものだよ。そんなものでアリバイを作るなんて、古臭いトリックだよね」

と、シオンがニヤニヤしながら私に言う。

榊原は、増加博士と目減卿だけに向かって、

「他に、料理人の老人と小間使いの老女——この二人は夫婦です——がいますがね、

彼らは完全な脇役で、ディクスン・カーやヴァン・ダイン流に言えば、意識の流れを読者が悟ることのできない人物ということになります。つまり、容疑者の列からは完全にはずれるわけですよ」

増加博士は静かに頷くと、

「なるほど。その点は無条件に認めて良さそうじゃな。いくら何でも、作者の二階堂黎人が、そんな人物を犯人にするわけがあるまい。ついでに言えば、今回の話でも、その二人を容疑者扱いするのはやめようじゃないか。作者に代わって、わしが読者に保証しよう」

「俺もその意見に賛成です」

と、真梨央が言い、私とシオンも同意見だと答えた。

榊原は足を組み直すと、椅子の背に深く凭《もた》れた。彼の背後の窓が、また稲光で白く光った。しかし、雷鳴はかなり小さくなっていた。

「本館へ戻ったグリーン執事は、ジョンとエリザベスに事件が起きたことを告げました。彼らはびっくりして、急いで塔まで駆けつけました。食堂を出る時に、あわてたエリザベスが、花瓶の飾ってあるサイドテーブルに足を引っかけてしまいました。彼女は足首を捻挫し、しばらく片足を引きずっていたほどです」

「あ、待って！」と、シオンが笑いながら話を遮った。「それってさ、もしかしてさりげない手がかりって奴かな。そのサイドテーブルが自動殺人装置か、真の凶器だったりして」

しかし、榊原は彼の言葉を無視して、二人の大柄な巨匠に向かって説明を続けた。

「その後は、村から呼ばれた医者が来たり、駐在が来たりで、寂れ果てたこの古城も久しぶりに賑わっていたんですよ。ジョンとエリザベスは、後から来た刑事たちに、夕方の親子喧嘩以降は、スティーブには会っていないと証言しました」

増加博士は喉の贅肉を震わせビールを飲み、それから、

「殺人の動機は、ジョンとエリザベスの双方にあるわけだね」

と、確認した。

「ありますよ。ジョンは、エリザベスと別れないと遺産相続人から外され、日々の生活費も支給しないと、父親に言われていました。エリザベスにすれば、スティーブがいる限り、ジョンとは結婚できない。となれば、玉の輿に乗って、彼の父親の持つ莫大な財産を手に入れることもできないわけです――もしも、この二人が共犯、もしくは、そのどちらかが犯人であれば、あの殺人によって目的を達したわけです」

「ナイフは誰の持ち物だ？」

「スティーブ氏の物です。居間に飾ってあったエジプト王家の秘宝の一つです」

「おい、若造。当然のことながら、犯人は捕まらなかったわけだな」

と、目減卿が威張った声で確認した。

「ええ。ジョンとエリザベスが最有力容疑者でしたが、確固たる証拠がなかったものですから。何より、密室殺人の謎が解けなかったので、田舎のボンクラ警察には、彼らに手の出しようがなかったんですよ」

「まあ、簡単に犯人が捕まったら面白くないよね」

と、シオンが横から口を出す。私も同感だった。

榊原はまた彼の発言を無視して、

「検死解剖によれば、ナイフは恐ろしい力で突き刺されていたし、鈍器での殴打もかなり強烈だったというから、力の弱いエリザベスの嫌疑は、その点ではいくらか弱まったんだ」

と、付け足した。

目減卿は、短くなった葉巻を灰皿で揉み消すと、

「諸君。この乃公がまず一つ仮説を述べてもいいかな」

「どうぞ」

榊原が会釈した。

「これは古典的なトリックであり、典型的な錯誤の利用だな。関係者は勘違いしておるのだ」

「勘違いねえ」

「ようするにだ、スティーブ・ノーマンが襲われたのは、その塔の上の部屋ではないのさ。彼は別の場所で犯人に襲われたのだ。ナイフを胸に深々と突き刺され、何かの鈍器で胸や腹を殴られたんだな。そして、かろうじて犯人の暴行から逃げると――いや、逃げるために――塔の上の部屋へ入り、中から閂を掛けたのだろう。

ところが、体の痛手が思ったよりひどく、意識朦朧となり、足下のおぼつかなくなった彼は、椅子をひっくり返し、テーブルにぶつかり、最後は窓の鎧戸に寄りかかって、そこから転落してしまったのだ。後は地面という巨大な凶器に叩き付けられ、絶命したというわけだ

もともと密室の中には犯人がいなかったのだから、そこに姿が存在しなかったのも無理はない――どうだね榊原君、そして、諸君。実に簡単な話じゃないか」

「悪くはないですね」と、榊原は馬鹿にしたように肩をすくめた。「警察も、後からそうした可能性について気づいたそうですよ」

「それで？」

「可能性は否定されました。その理由はいくつもあります。ナイフの傷がほとんど致命傷に近く、限りなく即死であっただろうと推測されました。塔の階段には血痕が落ちていなかったこともそうです。血痕があったのは、窓のすぐ近くの床だけでしたからね。それに、ナイフの鞘の問題があります。小部屋の床に落ちていた鞘には、スティーブの指紋は付いていませんでした」

「そうか。では、乃公の仮説は引っ込めよう。しかし、さまざまな角度から事件を検討することは無駄ではないぞ」

目減卿は悔しまぎれに、あくまでも言い張った。

真梨央は腕組みし、思案げな顔で、

「それに、背中などの手の届かない所ならともかく、胸を刺されたんなら、逃げるにしても、反射的にナイフを抜くんじゃないですかね」

「ならば、おぬしが正しいと思う推理を披露してみろ」

「いいですよ」目減卿に挑戦的に言われ、真梨央がすかさず答えた。「犯人はグリーン執事ですよ」

「何だと？」

「スティーブは高血圧だったそうですね。きっと、喧嘩の後で塔へ昇ったために、ますます頭に血が上ったんですよ。そして、窓辺に立った時に目眩がしたんです。それで、窓から塔の外へ落ちてしまったわけです。グリーン執事が見つけた時、地面に落下したスティーブは重傷とはいえ、まだ生きていたんです。それで、グリーンは、彼の息の根を止めるためにナイフを胸に突き刺したんですよ」

「意外な犯人として面白い説だが、グリーンには直接的な動機がない。ナイフを持ち歩いていた理由もな。それに、塔の上の部屋にあったナイフの鞘はどう説明する。室内の争ったような跡もな」

目減卿は鬼の首を取ったように言う。

「グリーン執事は、何らかの理由で主人を前々から憎んでいて、殺害の機会を狙っていたのかもしれませんよ」

「だったらなおさらだ。瀕死の男にあえてナイフを突き立てることはない。放っておけば、自分の手を汚さずに死ぬんだからな」

「まあ……ええ……確かに」

真梨央も、それ以上は反論できなかった。

増加博士は葉巻を揉み消し、右手にビール・ジョッキを持つと、

「聞けば聞くほど、興味深い事件じゃな。最初は、中編にふさわしい単純な事件かと思ったが、かなり奥が深そうだ。作者の計画している陥穽《かんせい》に気をつけた方が良さそうじゃぞ」

「確かにそうですね」真梨央は気を取り直して言った。「作者は、何を企んでいるか解ったものじゃありませんよ。前の《「ム」の悲劇――「Y」が多すぎる》事件では、俺は、推理小説史上、前代未聞の凶器で殺されましたからね」

また、窓の外が明るく明滅した。

雷鳴が収まるのを待って、榊原が私たち全員の顔をあらためて見回した。

「――それでは、過去の未解決事件の話は終わりにしよう。それは本筋ではない。本筋に関係があるのは、これから俺が語るピラミッドの謎についてだ」

3

「古代ピラミッドの謎か」と、増加博士が満足そうな顔で頷き返す。「――安置されたミイラに代表される不死の命や蘇りの謎、犬の姿をした死者の神であるアヌビスの脅威、燦然と輝く金銀財宝の山――などなど、古代エジプトの遺物は、たくさんの不思議を内包し、それ自体が実に妖しい魔力と魅力を発揮しているな——それは、あの巨大で威圧的なピラミッド群にも言えることだ——オッホン。榊原君、よいぞ、どこからでも始めたまえ」

「増加博士。俺のことは、榊原君ではなく、榊原助教授と呼んでくれませんかね。今回の設定はそれですから」

と、この陰険な男は嫌みたらしく言った。

「ああ、すまんな、榊原助教授」

すると、彼は得意げな顔をして私の方に向き、急に予想外の質問を発した。

「おい、加々美。お前は、エジプトのピラミッドが何でできているか、知っているか」

「え？」

「お前は日本語が解らないのかよ。猿ほどの脳味噌もない奴だな——材料の話だよ。決まっているじゃないか。何を使って造られているかと尋ねているんだ」

「材料は……石ですよね。大きな石を積み上げて造ったものだと思いますけど……」

私は訳が解らず、困惑ぎみに返事をした。

榊原助教授はくわえタバコのまま立ち上がって、暖炉の前を左右に歩きだした。

「そうだ。大きな石だ。では、ピラミッドを造った人たちは、その巨石をどこから運んできたのだろう。何故、はるか昔のエジプト人たちは、あれほどたくさんの巨石を使って、あんな大きな建造物を造ることに必死になったのだろう」

「さ、さあ……」

と、私が曖昧に答えると、榊原助教授は目を細めて、

「エジプトのピラミッドの起源については、まだ明確な答はないのだ。少し昔には、ファラオの墓だと言われたものだが、最近の研究では、その説は否定されている。実際の話、《王家の谷》と呼ばれる王墓が、まったく別の場所——ナイル河西岸——で見つかっているしな。少なくとも、ギザにあるあの有名な三大ピラミッドは、王墓ではなかったことがはっきりしている」

後で私は、百科事典でピラミッドの項目を調べてみた。それによると、ギザのピラミッド群の中で一番大きいのはクフ王のものであり、当初の高さは百四十六メートルで、底辺が二百三十メートルの四角錐をしている。

「王墓でないとしたら、何なの。榊原助教授？」

シオンが不思議そうな顔をして尋ねた。

「いろいろな説がある。星の運行を観察する天文台だったとか、宗教上の聖地だった

とか、儀式を執り行なうための祭壇だったとか。それから、単に、国王が己の威勢を誇示するための虚飾の塊りであったとかな」

「だったら、あれだけの建造物をどうやって造ったわけ？」

「臣下や奴隷を総動員して、鞭で叩きながら、こき使って造ったのさ。とんでもないほど大勢の力がなければとうてい完成できるものではない。時間だって、相当浪費している。国王の威勢を示す、一世一代の大仕事だからな。

ただ、クレーンやブルドーザーのような重機もなく、たいした建築技術もない時代に、あれほど巨大な建造物をどうやって造り上げたのか、それは謎だ。詳しい方法は、まだ学者たちの間でも完全には解明されていないのさ」

昔、私が見た子供向けの図鑑には、ピラミッドの上部に向けて砂のスロープが設けられ、そこを、多数の人間がロープを結んだ巨石を引っ張って、死にものぐるいで昇っていく姿が描かれていた。そうやって、階段状に、巨石を少しずつ積み上げていったらしい。

榊原助教授は、暖炉の右側にあるミイラの棺に近寄った。そして、ツタンカーメン王の仮面のような彫りがあるその表面を撫でながら、

「ところで、加々美。ギザのピラミッドがどんな所に建っているか、知っているか」

と、曰くありげに尋ねた。

私は、彼にからかわれているのではないかと用心した。

「……それは、砂漠ですよね」と、私は慎重になって答えた。「写真を見たことがあります。草も木もない、茶色というか、灰色というか、広大な砂漠の中に建っています」

「そこはどんな土地だ？」

「ですから、砂ばかりの荒れ地です。砂漠ですから。昼は無性に暑くて、夜はやたらに寒い所みたいですね」

「なるほどね」と、彼は口の端に皮肉な笑みを浮かべ、「では、加々美。話を戻すが、ピラミッドを建造するために使われた、あの非常にたくさんの巨石はどこから運んできたんだ？」

「確か、ナイル河の上流から切り出してきたんじゃなかったですか。山の岩場で四角く切り取り、それを船に乗せて長々と下ってきて、河の下流の広々とした場所に積み上げたんだと思います」

「本当にそうなのか」と、榊原助教授は目を細め、わざとらしく訊き返した。「本当に、ナイル河の上流から、あの重くて、馬鹿でかい石を運んできたのか」

「少なくとも、学者はそう言っているみたいですが……」

「重機などが何もなく、巨石を積み上げる技術も発達していなかった時代なのだぞ。そんな大きな石を山奥から切り出して船に載せたり、運ぶことが本当にできたのか」

「そうは言っても、学者の説ですから。でも、それも定説はまだないわけですよね……」

「だったら、何故、遠く離れた川下にピラミッドを造ったんだ。山の近くの方が便利なんじゃないのか。本物の王家の墓である《王家の谷》などは、ちゃんと山の中にあるんだぞ。さあ、加々美、答えてみろ」

榊原助教授は、矢継ぎ早に質問を放った。

増加博士や目減卿は、葉巻をふかしながら、私たちの話をじっと聞いている。

私は、額に吹き出した汗を手の甲で拭いながら、

「山の上や麓には、平らな場所がないからじゃないですか。それと、自分たちの生活地域に近い所をあえて選んだんだと思います。権威の象徴なので、人目に触れる形でなければ意味がなかったんでしょう」

「ふふん」と、榊原助教授は鼻で笑い、「他の人たちは、何か意見がありますかね」

しかし、誰も答えなかった。みんなは、彼が何を意図してこうした話をしているの

か、よく解らなかったからだ。

「——そうすると、やはり真相に気づいたのは、世界中でこの俺だけのようですね」と、彼は二人の巨匠を見ながら、ひどく嬉しそうに言った。

「真相って、何だ？」

真梨央は、冷たい声で訊き返した。

「だから、ピラミッドをどうやって造ったかだよ。どこから、あれほどたくさんの巨石を調達したか——さっきも言ったとおり、俺はとうとう、ピラミッド建造の秘密を解いたんだよ」

「しかし」と、真梨央が懐疑的な目を彼に向けて言った。「それが本当なら、大発見だぞ。お前よりもずっと有名な考古学者や研究者ですら解らないことを——」

「お偉方がいつも正しいとは限らないさ」と、榊原助教授は友人の声を遮った。「専門家ほど、些末なことにこだわって大局が見えないということはままある。また、学者は学派によって統制され、古い定説によって頭を支配されているから、知識的な先入観が強すぎるという欠点も指摘できるぞ。俺やお前のような素人の方が——といっても、俺は今回、一応はエジプト学の専門家という設定だが——素直に事実を受け入れることができるものさ」

「だからって、満足な材料もなしにだな——」

「真梨央。学説を組み立てる材料はな、無闇にたくさんあればいいってものじゃないさ。過不足なく、必要なものだけを、混沌とした状態の中から選別できる識別能力が大事なのさ——それを、俺は持っているんだ」

「ねえ、だったらさ、早くそれを教えてよ。ピラミッド建造の秘密をさ！」

と、シオンが興奮した声で催促する。

ところが、榊原助教授は腕時計を見て、

「だめだ」と、かぶりを振った。「そろそろ、今夜の事件が起きる時間が近づいた——つまり、俺が死ぬ時間がな。俺は、ピラミッドに関する謎の答を誰にも告げずに殺されるわけだ。謎の答そのものが謎として残るんだよ」

目減卿は大きな顔を突き出し、恐ろしく真剣な表情で、

「——で、おぬしが中途半端に遺した謎を、乃公たちに解かせようという魂胆なんだな——作者の奴が考えているのは」

「そういうことですよ」と、榊原助教授は達観したような顔で微笑んだ。「殺人の謎ももちろんですが、あなた方には、可能ならばピラミッド建造の謎の方も解いてもらいたいわけです。そしてこれは、当然のことだけど読者への挑戦でもあるわけでね

――作者から読者への挑戦として、ここにそれを宣言しておきますよ」

4

いつの間にか、稲光は遠のき、雷鳴もほとんど聞こえなくなっていた。窓の外は真っ暗になっていて、森や渓谷を通り抜ける強い風の音のみが取り残されていた。

榊原は、水滴で濡れた窓の方を見て、

「さて、都合の良いことに雨も完全に上がったようだ。これから、俺はこの城の隣にある《首吊りの塔》に一人で上がりますよ。そしてたぶん、少しすると、俺は誰かに殺されることになる。それも、密室状況下でね。

そうしたら、あなたたちの出番だ、増加博士、目減卿。俺を殺害した犯人を捕まえて、密室殺人のトリックを暴いてほしい」

「待ってよ」と、シオンが不服そうに言った。「ボクは榊原さんのこと嫌いだけどさ、それでも、これから死ぬと解っている人をそのまま放っておくことはできないよ」

「ふふん。そう気にするな、シオン。この物語の中では現実だから、死ぬのは苦しいし、殺される瞬間には痛みもあるだろう。だが、次のシリーズ短編で出番があるようなら、俺はまた生き返るんだ。だから、たいして心配はいらん」

「あ、そう。じゃあ、勝手に、勝手にすれば」

「もちろん、勝手にするさ」と、榊原はすました顔で言い、「――というわけで、皆さん。俺はこれで退場する。少しして、何らかの事件が起きたら、《首吊りの塔》へ来て、俺の死体を発見してくれ。そして、現場を調べて、密室殺人の謎を解いてくれ」

「解った。君の言うとおりにしよう、榊原助教授」

と、増加博士が全員を代表して頷く。

「ああ。それまでは、夕食でも取って待っているぞ。ガブリ、ガブリ」

太鼓腹の上で指を組んだ目減卿も、悠然とそう答える。

榊原が部屋を出て行き、それと入れ違いに、一人の若い女性――シオンの従姉で、私の恋人でもある武田留美子――が入ってきた。ブリッ子で、フラッパーで、普段は明るさが脳天を突き抜けてしまったような性格をしている。今日は、城主夫人のエリザベスという役柄なので、少しはおしとやかな態度を示すかと思えば、まったくそんなことはなかった。

「加々美さん、加々美さん、見て、見て！　あたし、今日はお城のお嬢様なのよ。しかも、外人！　金髪の外人！」

と、フリルの付いた真っ白のワンピースの裾を翻しながら、部屋へ飛び込んできて、私に抱きついてきた。

「おい、ルミ子。お前は今、ジョン・ノーマンの妻なんだろう。だったら、あまり俺にベタベタするなよ」

私が注意すると、小さな舌をペロッと出して、

「あ、そうか。いっけなーい。ごめんなさいね」

と、上気した可愛い顔で返事をする。原宿あたりから引っこ抜いてきたようなキャピキャピ娘なので、とてもロンドンあたりの元高級娼婦には見えない。

増加博士が咳払いをして、

「オッホン。ところで、お嬢ちゃんや。他の二人はどこかね」

「誰のこと？」

「城主のジョン・ノーマンと、執事のグリーン老人じゃよ」

「あら。そうね。あの人たちもすぐに来ると思うわ」

嬉しそうに答える彼女の声が合図になったかのように、ジョン・ノーマンことダル

マと、グリーン老人ことタケシが入ってきた。ダルマはやたらに太っていて動作が鈍く、タケシの方は常日頃からボディービルで体を鍛えているので、筋肉隆々である。今はわざと腰を曲げて、老人を演じていた。

「あなた!」

ルミ子は私から離れ、満面の笑みを浮かべて、夫であるジョンの腕に自分の細い腕を絡み付けた。

ジョンは黒縁メガネに太い指を当て、如才ない笑顔を我々に振りまき、のんびりとした口調で、

「これはこれは皆さん、お揃いで。このような遠方の古城へ遊びに来ていただき、感謝の念に堪えません。どうか、ごゆるりとおくつろぎください。要りようの物などがあれば、執事のグリーンか、わが最愛の妻、エリザベスに遠慮なく申しつけていただければけっこうです——えへへ、どうっすか。おいらの演技は?」

ダルマは照れて、頭の後ろを手でかいた。

真梨央はため息をつき、後輩に、

「おい、ダルマ。せっかくうまく城主役を演じているんだから、地を出すな、地を。それじゃ、渋い雰囲気がだいなしだぞ」

「あ、そうっすか。すみません」

「こいつ、だめなんですよね。いくら言っても、自分の立場が解っていなくて」

と、馬鹿にしたように言ったのはタケシだった。顎に白い付けひげをしている。

真梨央は彼の方へも睨みを利かせ、

「お前もだぞ、タケシ。お前は執事なんだから、そんなに威張っていては困るな。謙虚にやれ、謙虚に」

「は、はい。解りました。麻生先輩」

ダルマもタケシも、普段から、尊敬する真梨央にはまったく逆らえなかった。

「おい、老人役の若造」と、呼びかけたのは目減卿だった。「首をかけたっていいが、食堂の方で、食事の用意ができているんじゃないのかね」

「はい。さようでございます」と、グリーン執事はうやうやしく返事をした。「どうしてお解りでございますか、御前？」

「なあに、懐中時計を見たら午後六時を過ぎていたし、何より、廊下の方からは良い匂いが漂っているからな」

と、巨匠は、あぐらをかいたような鼻をヒクヒクさせながら答えた。

一同は、グリーン執事の案内で、広い食堂へ移った。立派な長テーブルがあり、食器が綺麗に並べられている。また、太い蠟燭が立った燭台が四つ灯っていた。それだけなら、イギリス流の落ち着いた雰囲気の部屋ということになろうが、この部屋も、まわりにある物が奇異であり、珍奇であった。

たとえば、加々美とシオンの席の後ろ——白い刺繡柄の壁紙と濃い茶色の鏡板で化粧された壁の前——には、蒼いロータスの装飾が施されたファイアンス製の大きな容器が五つ並んでいる。土台部分が非常に小さく、上にゆくほどふくよかに膨らんだ大きな花瓶で、首がまた狭まり、口がラッパ状に広がっている。増加博士と目減卿の後ろには、動物顔のセト神と司祭が向かい合う絵柄を刻んだ石灰岩の石碑がある。真梨央の後ろにあるのは、黄金色に塗られた木像で、頭に奇妙な道具を載せた女神——イシス——を表わしたものだった。

「——どうです、素晴らしい古代エジプトのコレクションでしょう。この家には、こうしたお宝がたくさん飾ってありますのでね、滞在中にぜひ鑑賞してください」

と、両手を広げ、誇らしげな目をしてジョンが言った。

すぐに、グリーン執事が、冷やしたワインを載せたワゴンを押して来た。皆は着席して、膝の上にナプキンを広げた。

増加博士はグリーン執事に注文した。

「悪いが君。軟弱なフランス人が好む飲み物ではなく、わしにはビールを頼む。喉にグッと来る奴だ」

目減卿もギロリと目を剝き、

「乃公はウイスキーにしてもらおうか」

と、勝手なことを言う。

グリーン執事はうやうやしく頭を下げると、二人の注文を取りに厨房へ戻った。それから、めいめいのグラスに好みの飲み物が注がれ、盛大に乾杯がなされた。

ジョッキでビールを呷った増加博士は、上座にいるジョンに言った。

「確かに、みごとなエジプト・コレクションだが、こうした物は、あるべき場所にあってこそ、その価値が認められるのではないかな」

ジョンは丸い頰を弛ませてニヤリと笑い、

「私が、これらの品物をエジプトから持ち出したのがお気にめさないようですね。しかし、あの国にあっても、それこそ宝の持ち腐れになるだけです。私が収集しなければ、盗掘団が遺跡から盗み出して、誰か別の国の人間に売りつけるだけですよ。結局は、国外に出て散逸してしまう。そうなればむしろ、人類全体の遺産として、大いなる損失と言わざるを得ません。私のような善良な人間が保護することが、こうした歴史上の遺物にとって一番良いことなのですよ」

と、得意気に言った。

「――何だか、自分勝手な論理だね」

と、シオンが私に顔を寄せて囁く。

「宝物と言えばですね――」

と、ジョンは立ち上がり、隣の書斎から小型の宝箱を持ってきた。蓋は丸みを帯びていて、金色の縁に赤いベルベットが貼られた物だ。座り直した彼は、テーブルの上にそれを置いて蓋をあけた。

「――これが、私の一番新しい収穫ですよ。アフリカ探検で有名なスタンリーの使っていた拳銃です。コルト製のリボルバーですが、握りの部分が象牙細工になっている特注品ですよ。どうです、美しい品ではありませんか。それに、ロマンが秘められている。これで、彼が何頭のライオンを撃ち殺したことか」

と、中から二丁の拳銃を取り出した。

「ヘンリー・モートン・スタンリー。元新聞記者の探検家で、密林に分け入り、アフリカの奥地で行方不明になったリビングストンを探し出した勇敢な男だな」

と、目減卿が賞賛するような目で言う。

「そうです。この象牙は、その時の探検で持ち帰った物を使ったと言われているのですよ」

と、ジョンは頷き、拳銃を一丁ずつ、増加博士と目減卿へ渡す。

拳銃は、私たちの所にも回ってきたが、一般的な日本人として、私もシオンも真梨央もあまり興味がなく、どこに魅力があるのかまったく解らなかった。ジョンは、全員がその拳銃を見終わると、大事そうに元の所へ仕舞った。

増加博士は、二杯目のビールを飲みながら、

「ところで、ノーマン君。ざっくばらんに尋ねるが、十年前の事件について、君の考えを聞かせてもらえるかね」

ジョンはそれまでの作り笑顔を引っ込め、

「十年前の事件というと、私の父親が《首吊りの塔》で死んだ事件のことですか、増加博士？」

「そのとおりじゃ。他にあるかね」

「いいえ、ありません。まあ、訊かれるとは思っていましたが、単刀直入の質問だったのでちょっと戸惑ったわけです」

「で、君の見解は？」

「見解も何も、真相ははっきりしています」と、ジョンは手にしていたグラスをテーブルの上に置いた。「あれは、この城に巣くう幽霊の仕業ですよ。幽霊が曰く付きのナイフを使って、私の父を刺し殺したわけです。何しろ、父が死んだ時、あの塔の上の部屋は密室状態でした。父が中から扉に閂をかけていましたので、普通の人間は誰も入れませんよ。肉体のない霊魂だけの幽霊が彼を殺したに決まっています」

「ふふん」と、不満そうに鼻を鳴らしたのは目減卿だった。「実体なき霊魂が、ナイフを握れるかどうかは疑問だわい」

「降霊術では実例がありますよ。霊魂は字を書いたり、楽器を鳴らしたり、テーブルを叩いたりします」

と、ジョンは彼の方へ顔を向けて答えた。

増加博士はビールを口に運び、それから、確認した。

「そうすると、失礼だが、君や君の妻——エリザベスさんは、スティーブ・ノーマン氏の死には何のかかわりもないと言うのだね」

ジョンはわざとらしく驚いた顔を見せ、

「当然ですよ。何故、私が自分の父を殺したりするのですか。もちろん、警察や世間がそのような悪口を言っているのは知っていますが、それは、口さがない連中のやっかみです。私が相続した遺産への嫉妬から生じる感情でしょうね。私は――エリザベスも――いっこうに気にはしておりません」

そう言って、彼は、横に座る妻の手に自分の手を重ねた。

エリザベスもそうだと、小さく微笑み返す。ルミ子も、ようやくこの役柄に慣れてきたようだ。

「しかし、何故、幽霊がスティーブ氏に悪さをなしたのかね」

増加博士は尋ねた。

「さあ、何故でしょうか。昔、私の先祖が虐げた領民たちの祟りかもしれませんね。私たちの一族は呪われている可能性がありますから」

「ならば、その呪いから解放されねばならない。そうでないと、君たちの一族は、君の代で途絶えることになる」

「ええ、その心配はありますね。しかし、子孫を残す方法もありますよ――実はですね、私の妻は今、妊娠三ヵ月なのです。わがノーマン家の新しい相続人が、あと七ヵ月もすれば、この世に生まれ出てくるわけです」

ジョンが誇らしげに言う。

「昨日、お医者様にかかって、それが解ったばかりですの」

エリザベスがやや恥ずかしそうに説明を加えて、目をしばたたいた。

「それはそれは、めでたいことじゃ!」と、増加博士は声を張り上げた。「——ならば、乾杯をしよう! バッカスに祝ってもらおうではないか!」

私たちも、彼に倣ってグラスを高く掲げた。

「乾杯!」

いっせいに唱和する。何にせよ、赤ん坊が生まれるということは素晴らしい出来事だ。

そうして、なかなか豪華でおいしい食事が進み、一時間ほど経った。食後のコーヒーを飲むために、私たちは音楽室へと席を移すことになった。普通の城ならば、音楽室にあるのはピアノやハープなどの優雅な楽器と決まっているが、ここには、それらの間に、ミイラを安置した金ぴかの石棺とか、古代の王の胸像とか、馬の絵が刻まれた石版とか、ガラス・ケースに入ったボロボロのパピルスとか、そんな変な物が置いてある。

「——あなた、私、ちょっとお化粧直しをしてきます」

と、エリザベスは部屋を出て行き、音楽室には男性だけが残った。増加博士たちは葉巻を取り出した。私とシオンは喫煙の習慣はないので窓際の席を占め、窓を少しあけて外の空気を入れた。雷雲も遠く退いたようだったが、城の周囲にある森や野原が濡れたままだったので、外気はかなり湿気を含んでいた。

ジョンは、増加博士と一緒に葉巻をくゆらせながら、

「——さっき、私の先祖が呪われていたかもしれないという話をしましたが、皆さんは、エジプトにも様々な呪術があったのを御存じですかな」

と、専門分野に関する蘊蓄を披露し始めた。

「《ヘカ》のことだな。しかし、詳しくは知らないので教えてもらおうか、お若いの」

と、葉巻に火を点けながら、目減卿が催促する。

「そう。エジプト人たちは、呪術的な力を神のみならず人間にも使いこなすことができると考え、《ヘカ》もしくは、それを神格化して《ヘカ神》と呼んでいました。彼らは、呪術的な力を、難問や危険を解消するための神聖な力ととらえていたのですよ。古代エジプトでは、祈禱も医術も呪術にも明確な区別はなく、すべてが一つの大きな力でした。そして、その力は、宗教的な儀式によって発揮されたわけなのです」

静かにコーヒーを飲んでいた真梨央が、目を細めて、

「ダルマ——じゃなかった、ジョン。エジプトの呪術が、これから起きるであろう事

件に、何か影響を与えると言うのか」

「察しがいいっすね、先輩——じゃなかった。察しがいいですな、麻生さん。そのとおりです。この古城の中に飾ってあるかなりの発掘品に、古代エジプトのファラオたちの呪いがかかっているのですよ。ミイラを筆頭にね」

「まさか、生き返ったミイラが棺から出てきて、俺たちに襲いかかったりしないだろうな」

真梨央は、まるっきり相手にしていないかのように言った。

ジョンは余裕の笑みを崩さず、

「可能性はありますよ。呪術やそれに関連する儀式は、ファラオの権力に直結してましたからな。そして、ミイラになるのはファラオなどの地位の高い人間に限られていますからね。ミイラそのものに超常的な魔力がかかっていても不思議ではありますまい。真夜中になって、魂を失ったミイラが腐った目を開き、棺の蓋をあけると、生け贄を求めて真っ暗な古城の中を徘徊する——」

私は思わず、その有様を想像してしまった。棒のように突っ張った足でぎこちなく歩く生ける屍——ボロボロの包帯だらけの怪物が——実に不気味な光景と言わざるを得ない。

目減卿は葉巻を吹かしながら、

「ちょっと待て、お若いの。そうすると、この古城には、エジプトの呪詛文書などもあるのかね」

「ありますよ。図書室へ行ってごらんなさい。たくさん揃えてあります」

「どんな本？」

と、シオンが耳元の柔らかな髪を触りながら尋ねた。

「ははは」と、ジョンは笑った。「紙の本じゃないよ、シオン君。パピルスに書かれたもの、壺の表面に書かれたもの、煉瓦に書かれたもの、石板に書かれたもの――そうした様々な素材に記された呪いの文言をひっくるめて、呪詛文書と言っているのさ。有名な『死者の書』もその一つだ」

「何、それ？」

「古代エジプトで、死者を葬る時に副葬された文書のことだよ。死後の平安と復活を願って、パピルスなどに祈禱文や呪文が書かれていたのさ」

「死者の復活って、ミイラが蘇ること？」

「簡単に言えば、そのとおり」と、頷いたジョンは、巨漢の巨匠二人に向かって、

「――どうですか、増加博士、目減卿。よろしかったら、図書室にある収集品をお見

せいたしますが」

「うむ。それは面白そうだ。腹はこなれたので、脳細胞にも栄養を与えようじゃないか」

と、増加博士は同意した。

目減卿も負けじと頷き、

「乃公も行くぞ。この部屋に全員がいたんでは、起きる事件も起きん。全員に相互監視による確固たるアリバイがあるんでは、まったく探偵ごっこができないからな」

ジョンは、左手にはめた金無垢の腕時計に目を走らせ、

「では、ここで一度解散ということにしましょうか」

「うん、賛成！」と、シオンが手を上げる。「ボクと加々美さんは、撞球室へ行って撞球をやるからね――いいよね、加々美さん？」

「ああ」

私はシオンの誘いに乗ることにした。

「麻生さんは、どうします？」

「ここにいるよ、加々美。何かあったら呼びに来てくれ」

彼は憂いを帯びた目で、気だるげに答えた。酒が入って、少し眠くなったのかもし

れない。

　そんな真梨央を残して、私たちは音楽室を出た。そして、大ホールでジョンたちと別れ、私とシオンは一階の西のはずれにある撞球室へ向かった。

　小一時間ほど、二人で《エイトボール》をして玉を突いて遊んでいると、廊下の方から地響きのような足音が聞こえてきた。ジョンが、巨漢の老人二人を引き連れて撞球室へ入ってきたのだ。どうやら、彼らは古城の中を一巡りしてきたらしい。

「――どうですか、皆さん。これから全員で、《首吊りの塔》へ昇ってみませんか」

と、ジョンが私たちも誘った。

　しかし、増加博士は二本の杖に全体重をかけ、体を休ませながら、

「いいや、わしは遠慮しておく。わしのような不自由な体格をしたものには、あの高い塔へ昇るための階段は急すぎる。膝や心臓や肺に負担を掛けたくないのだ。それに、正直言って、少し歩きくたびれた」

「乃公も、増加博士の意見に賛成だ。本当なら、野球以外には無駄な体力は使いたくないんだ。それに、本当に塔の上の小部屋で殺人が起きるとすれば、その時になってから階段を昇ればいいんだ。二度も同じ苦労を繰り返す必要はない」

「解りました。では、音楽室の方でくつろいでいてください。《首吊りの塔》へは、

私たち若者だけで行ってみます——」

ジョンは、私やシオンの返事を待たずにそう決定した。そして、二人の巨匠を音楽室へ返すために退出した。

私は腕時計に目を落とした。午後十時二十分。深い森に包まれた古城の中で、夜はとっぷりと更けていく。問題の塔で密室殺人が起きるとすれば、そろそろという予感がする。

少しして、ジョンが戻ってきた。

「さあ、行こうか、君たち。雨もやんでいるし、塔上の部屋だけではなく、塔の屋上へも出てみよう。そうすれば、気持ちの良い風に当たることもできるからね」

「いいですね。じゃあ、お願いします」

私は、キューを片づけながら答えた。

「これから事件が起きるかと思うと、ちょっとドキドキするね」

と、シオンが本心を述べる。

《首吊りの塔》へは、城の東の端から、石造りの天蓋の付いた渡り廊下を通って向かうことになる。廊下の長さは三十メートルほどだ。ジョンと私はランプを手にして、本館からこの渡り廊下へ入った。

渡り廊下の所々にも、鉤灯火が灯っていた。ジョンの召使いが気を利かせてくれたのだ。そのため、足下は不如意ではなかった。

私たちの手にするランプも、ジョンがエジプトで買い求めてきたもので、非常にエキゾチックな形をしていた。

渡り廊下は一直線で、柱と柱の間が素通しになっているため、冷たい風にさらされることになる。塔の入り口は分厚い木の扉になっていた。苔むした石造りの塔が、暗闇の中にそびえ立っていた。上の方は、夜の中に溶け込んでいてよく見えなかった。

塔は方形とはいえ、城に面してやや左右に広がった形になっている。それは、内部の、こちら側に面した方に階段が設けられているからである。

「ねえ、ノーマンさん。この塔って何メートルくらいの高さがあるの？」

と、シオンがジョンに質問した。

「屋上の縁まで、二十メートルほどだろうね。上にある部屋の窓から地面までは、約十五メートル強と言ったところだろう」

「その数値ってさ、後で事件の推理をする時に大事になってくるかな？」

と、シオンは、今度は私に向かって尋ねた。

「そうだな。有益な情報になるんじゃないかな。塔の天辺にある小部屋で密室殺人が起きたとすると、入り口の扉に鍵がかかっているのはもちろん、窓から誰も出入りできないことが証明されなければならない。塔の壁はこのとおり垂直に切り立っているから、壁をよじ登ったり、下りたりすることはできないんだろう。それも密室の構成要素を証明する条件の一つになるはずだ」

「おいおい」と、ジョンが、緩慢な動作で木戸をあけながら言った。「そんなことは、実際に殺人が起きてから考えればいいさ。どうせ現場を実地に検分しなければならないんだ。それより、早く上がろうじゃないか。榊原助教授が痺れを切らしているぞ」

ランプの明かりで照らした中折れ式の階段は、かなり急角度だった。横幅も狭く、人一人が通るのがやっとである。増加博士並に太っている彼は、太く短い足を持ち上げるだけで、ハアハアと荒い息を吐いている。

「ふぅー！　辛いっすねえ！　こんなに階段が長いと知っていたら、ジョンの役なんかやらなかったっすよお！」

と、まだ三分の一も昇らない内に立ち止まり、ダルマは地を出して言った。壁に片手をついて休み、全身で荒い息をする。私たちが立ち止まると、薄汚れた階段や壁に張り付いた私たちの影も動きを失う。

「おい、だらしがないぞ」と、私は笑いながら言った。「この程度のことで自分に戻ってしまうなんて。日頃の運動不足が悪いんだ」

「でも、加々美先輩」と、彼は唾と息を一緒に飲み込み、「おいらは、『奇跡島の不思議』で、オタク系のキャラクターとして設定されたんすよ。運動はまるっきり苦手なんすからね。だいたい、この二階堂という作者は、やたらに塔の上で起きる密室殺人が好きなんですよね。『奇跡島の不思議』もそうだし、『人狼城の恐怖』もそうだし、『聖アウスラ修道院の惨劇』もそうですし。少しは、階段を昇り下りしなければならない登場人物の身にもなって欲しいっすよ」

私は苦笑しながら、

「いいから、行くぞ。上に到達しないことには話にならない」

「そうだよ、頑張ってよ、ダルマさん。ボクが後ろからお尻を押してあげるから」

「悪いっすね、シオン君」

と、汗を拭き拭き、ジョンことダルマはまた階段を昇り始めた。シオンは本当に、彼の大きなお尻を両手で押し上げてやる。

途中、二度ほど休み、後もう一度、階段を折れ曲がったら、塔上の部屋に到達するという所まで来た。

事件が起きたのは、まさにその時だった。

くぐもった轟音が、上の方から聞こえたのである。

銃声だった！

銃声が、木製の扉や壁越しに聞こえてきたのである。明瞭というのではない。聞き慣れない、何かオブラートに包んだような感じの轟音だった。

私たちはまずハッとして驚き、立ち止まった。互いの顔を見交わす。恐怖の感情が襲ってきたのはその次だった。

「か、加々美先輩！」

ジョンことダルマが、泣きだしそうな顔で言った。

「上の部屋だ！」私は怒鳴った。「榊原先輩がやられた！」

まだ彼が殺されたという確証はなかったが、たぶん間違いない。

私は、ショックで動けなくなったダルマを押しのけ、階段を駆け昇った。シオンも素早く後を付いてくる。踊り場を曲がった途端、すぐ上に木の扉が見えた。上部がアーチ型になった小さめの扉である。小さな踊り場があって、階段は屋上へ向かうためにさらに上へ伸びている。

私は木製の扉をあけようと、取手に飛びついた。取手は鉄製の輪っかで、黒く錆びている。案の定、というか、悪い予想が当たり、扉には室内側から閂がかかっていた。扉は少しだけガタつくのだが、押しても引いても開こうとはしない。

「榊原助教授！」

私は彼の名を叫びながら、扉をあけようと頑張った。

そこにやっと、ダルマもやってきた。

「シオン！　扉を打ち破るぞ！」

「うん、加々美さん！」

しかし、扉の前には、あまりに空間が少ない。助走を付けて体当たりするには、この踊り場は狭すぎる。私たち二人は、何度も木戸を蹴り飛ばした。何とか羽目板の一枚が割れ、跪いた私はそこから手を中へ差し入れた。角材風の閂を横にずらし、これをはずすと、思いっきり扉を押し開いた。

「あ！」

中を見て、シオンが驚きのあまり叫んだ。

私も、一歩中へ入った所で、足がすくんだようになった。

橙色のランプの光に照らされたその部屋の広さは、せいぜい五メートル四方くらいだろうか。天井は低く、圧迫感があった。部屋の四隅に、奇妙奇天烈な石像が立っている。高さは一メートル五十センチほど。顔は犬だか猫のようで、手に団扇のようなものを持っている。衣装の様子を見るまでもなく、エジプトの古代の何らかの神を象ったものだった。

正面に、東を向いて四角い窓が一つだけある。木製の鎧戸は外に向かって押し開かれている。その窓の手前、一メートルほどの所に、拳銃が落ちていた。握りの部分が象牙でできた特徴的な拳銃である。

しかし、部屋の中には誰もいなかったのである。

私は用心して部屋の中央まで進み、ぐるりと見回した。かすかに硫黄臭い匂いがした。

間違いなかった。榊原助教授の姿はない。

私は呆然として、後ろを振り返った。

シオンとジョンも、青ざめた顔でこちらを見ていた……。

5

私は、窓に駆け寄った。

腰の上までしかない窓の低い縁に手を置き、顔を外へ突き出した。怖々と下を覗く。窓の大きさは縦横約一メートル五十センチくらいで、両開きの鎧戸が外側へ開かれている。

ちょうど、黒々とした雲が割れて、蒼い月が顔を出したところだった。満月だった。その青白い光のおかげで、あたりの様子がわりと鮮明に見えた。塔の壁は垂直に落ちていて、手を掛けられるような突起はまるでない。夕方の雷雨のせいで表面がまだ濡れている。苔むした石壁が、月の光を反射して黒くヌラヌラと輝いている。

「榊原助教授！」

はるか下方——地面の上——に、仰向けになって倒れている彼の姿があった。大の字になって、顔は真上を向いていた。しかし、まったく微動だにしない。しかも、顔の上半分がドス黒い血で汚れているふうだった。もしかして、額の中央を、拳銃の弾で撃ち抜かれたのではないか⁉

「——こ、ここから、落ちたの？」

私の横に来て、外を見たシオンが恐ろしげに言った。

「そうだ。拳銃で撃たれ、その勢いでバランスを崩したんだ。この窓の縁を乗り越え、下へ落ちたんだろう……」

よく見ると、窓の縁とその下の床に、新しい血の跡――飛沫――があった。

たぶん、犯人は部屋の中央あたりに立っていて、窓際にいた榊原助教授の顔を狙って拳銃を撃ったのだ。その弾が額に当たり、衝撃で後退った彼の体は、窓から、後ろ向きに外へ投げ出されたのだろう。

私はもう一度窓から夜の中へ顔を出すと、今度は屋上の方を見上げた。しかし、苔むした壁には何ら異常はなかった。上までの距離は五メートルもない。上に行くにしろ、下に行くにしろ、手がかりも足がかりもない。だから、ロープなどを使って、塔の外壁を登り下りするのは容易なことではない――いや、ほとんど不可能だ。

「――ああ、ジョン！」

その時、か細い女性の悲鳴が後ろから聞こえた。

振り向くと、扉の所にエリザベス役のルミ子がいた。蒼白な顔だ。階段を駆け上ってきたらしく、激しく肩で息をしていた。

「エ、エリザベス……悲劇が起きた」と、ジョンが震えながら言った。「さ、殺人だ……榊原が……死んだ……」

「あなた！」

と、彼女は太った伴侶に、泣きだしそうな顔で抱きついた。

「シオン、ここにいてくれ！」

私は言い残し、シオンからランプを取り上げた。そして、部屋を飛び出して、階段を駆け下りた。渡り廊下の横から、庭へ走り出る。地面はまだ濡れていた。草や木も露を多分に含んでいた。私は塔の外側を半周して、墜落した榊原助教授の側に近寄った。そこから東の方へは少しだけ広い野原になっていて、一番近くにある黒松の木でも、二十メートルほど離れていた。

ランプを掲げて、私は仰向けに倒れている死体を照らした。無惨な有様だった。榊原は完全に死んでいた。やはり、死因は拳銃で撃たれたことのようだった。額の中央には黒々とした穴があき、そこからは今も鮮血が流れ出ていて、顔を汚している。後頭部が少しひしゃげているのは、地面に激突した時に潰れたのだろう。屈んで、手首を取ってみたが脈はない。まだ生温かく、関節も自由になった。メガネの下にある目は見開かれていたが、生気も光も失っていた。

私は、念のために周囲をランプの光で照らしてみた。地面の乱れや、誰かの足跡はなかった。

私は首をひねって、塔を見上げた。黒々とした壁のはるか上の方に、ランプの光でかすかに明るく揺らぐ窓の形が見える。そこからシオンが覗いていた。群雲が風に押されて移動し、月を半分ほど隠した。あたりが急に暗くなる。

「どうした！　おい、加々美！　いるのか！」

塔の横手の方から、真梨央の声が聞こえた。

「こっちです、麻生さん！　榊原助教授が殺されました！」

ランプを持った真梨央が、庭の茂みの間から姿を現わした。

私は立ち上がり、彼が来るのを待ち受けた。

真梨央は死体をつくづくと見ながら、

「何があったんだ、加々美？」

と、慎重に尋ねた。

私は、すぐ横の濡れた石壁を見上げ、説明した。

「塔の上の部屋で殺人が起きたんです。間違いなく密室殺人です。まず、銃声が聞こえました。僕とシオンとジョンは、階段の途中にいて、その音を聞きました。それから、閂のかかった木の扉を蹴破って中に入ると、室内に凶器と思われる拳銃が落ちていて、人の姿はありませんでした。それで、窓から外を覗いてみたら、榊原助教授が墜落しており、下で倒れているのが見えたんです」

真梨央は、尖った顎を手で撫で回しながら、

「なるほど。予告された殺人が起きたわけか——と言っても、被害者自らが自分の死を予言していたんだがな。こういう例は、推理小説史上でも、非常に希れじゃないかな」

「かもしれませんね。とにかく、この塔で過去に起きた二件の密室殺人と同じことが、またもや起きたんです。やはり、あの部屋は呪われています——でなければ、悪魔か亡霊がいるんですよ」

寒さなのか恐怖なのか、私は震えながら、自分でも思ってもみなかったことを口にしていた。

真梨央も明かりが見える高い所の窓を見上げ、

「事件現場は、あそこで間違いないのか」

と、尋ねた。

「そう思います。扉越しに銃声が近くで聞こえましたし、扉には今も言ったとおり、室内側から閂がかかっていましたから」

「窓は？」

「あいていました。しかし、この切り立って濡れた壁ですから、何かに伝って下へ逃げるというのも不可能だと思います。それに、地面には誰の足跡もありませんでしたよ」

私は、ランプで、自分たちの足下を照らして見せた。

「だったら、窓から羽ばたいて飛んで逃げたのかもしれんな。コウモリのようなものが犯人だとすれば、不可能も可能になる」

真梨央は冗談めかして言ったが、私は背筋にうすら寒いものを感じた。

「何ですか、それ。吸血鬼のことを言っているのですか」

真梨央はぎらついた目で小さく微笑むと、

「このエジプト絡みの殺人に、吸血鬼などは似合わないか。だったら、蠍はどうだ。巨大な蠍が犯人なら、あの醜い多数の足で、この壁をよじ登り、伝い下りることもできるんじゃないか」

「冗談はやめてくださいよ」と、私は冷えた気持ちで言い、「――でも、麻生さんは、どうしてここに？」

「増加博士に聞いたら、お前たちが《首吊りの塔》へ昇っているというので、俺も見に来たんだよ。そうしたら、上からエリザベスが血相を変えて階段を駆け下りてきた。どうしたと尋ねたら、榊原が誰かに殺されたと言う。それで、事件のことを知ったわけさ」

すると、彼女は私の後を追うようにして、あの部屋を出たということになる。

「彼女はどこへ行ったんですか」

「本館へさ。グリーン執事を呼びに行ったんだ。俺は、増加博士と目減卿にも事件のことを知らせるようにと言っておいたよ」

「じゃあ、巨匠たちが来るのを待ちましょうか」

「そうだな」頷いた彼は、もう一度、変わり果てた榊原助教授の死体を見下ろした。

「――銃弾でやられたにしろ、落下の衝撃にしろ、この傷では即死だな」

「と、思います……ひどい……」

「警察は呼べるのかな」

と、真梨央は自問するように呟いた。

「村に駐在がいたはずですよ。しかし、この城には電話がないのに気づきましたか」

「そうか。ということは、俺たちだけで謎を解けということか――作者の指示は」

「まあ、御都合主義の設定ではありますが、人里離れた古城が舞台ですからね。誰も携帯電話を持っていませんし」

「まさか、連続殺人に発展したりしないだろうな。俺はもう被害者役は嫌だぞ」

と、真梨央は、前に自分が死人役をやったことを引き合いに出して言った。

「大丈夫だと思いますよ。そんなに頁数はありませんから。これって、せいぜい四百字詰め原稿用紙二百枚くらいの中編でしょう。もう半分は書いてありますよね」

「このパソコン全盛時代に、原稿用紙で換算するのも変な話だな。何文字とか、何バイトとか言った方がいいぞ」

「昔風の方が、分量の把握がしやすいと思って」

「まあ、いい。そんなことは作者に任せておくとして、俺たちは事件の解決を目指そう——」

ドス、ドス、ドス、ドス！

ドス、ドス、ドス、ドス、ドス！

真梨央がそう言った時、本館の方から地響きを上げて足早に近づいてくる誰かの気配があった。そのやたらに重たい二人分の足音から、増加博士と目減卿であることが推測できた。彼らがこれほど急いで足を動かすなど、アフリカ象がスキップするくらいに珍しい出来事だ。

私たちは、渡り廊下の方へ戻り、彼らと合流した。

「いったい、何があったのかね、加々美君？」

と、喉をゼイゼイ鳴らしながら息をし、増加博士が苦しげな声で尋ねた。激しい運動は、彼の巨体を痛めつけるだけだ。

同じように顔を赤くした目滅卿は、何度も深呼吸しながら、

「榊原助教授が殺されたというのは、本当かね！」

と、思いっきり不機嫌な声で尋ねた。

私は、ここで起きた出来事を大雑把に話した。そして、塔の裏側にある死体の元まで、二人を案内した。彼らは、変わり果てた榊原の様子を丹念に観察した。

「――君の検死所見は正しいようだぞ、加々美君」

と、死体をじっと見つめたまま、増加博士が言った。

「死体というものは、雄弁に語るものだが」と、目滅卿が目をギラギラさせながら、重たい口を開いた。「この死体は、いったい何を、乃公たちに教えてくれることやら――」

橙色のランプの光に照らされて、死体の顔にできた影がユラユラと揺れる。そのため、表情に微妙な変化が出て、彼がまだ生きているかのような錯覚を覚えた。

「拳銃で額を撃ち抜かれ……ほぼ即死で……そうでないとしても、あの高さから落下したのではひとたまりもなかっただろう……後頭部が、床に落としたメロンのように潰れておるわい」

と、増加博士は苦労して上を向き、呟いた。

「銃創部などに火薬の焦げた後はないから、それほど至近距離から撃たれたわけではなさそうだ。被害者は窓辺に立っていて、入り口から入ってきた犯人にいきなり撃たれたのだろうな。その結果、体のバランスを崩し、窓から外へ放り出されたわけだ」

と、腕組みした目減卿が分析する。

「しかし、問題はその後ですよ」と、真梨央が指摘した。「犯人はどうやって、扉に閂を掛けて部屋から脱出したのか。それから、何故、そんな工作をしたのか――密室殺人特有の謎があります」

「塔の上の部屋で起きた密室殺人か――」と、増加博士がもう一度、苔むした壁に沿って塔を見上げ、嫌々そうに言った。「わしのような肥満した人間には一番辛い殺人現場じゃな。現場を見たいと思っても、階段を昇る途中で心臓発作でも起こしかねん。これぞ、作者の登場人物虐めと言わずして何と言おう！」

「まったくだ！」と、目減卿も拳を振り回して憤慨する。「二階堂黎人とかいう奴は、馬面政治家ぐらいにいまいましい奴だ！」

増加博士は杖の先で死体を指し示し、私の方を見た。

「加々美君。すまないが、死体を少しだけ横向きにしてくれ。本来なら、警察の鑑識に任せるべき仕事だが、ここはロンドンの中心街じゃない。いつになったら刑事たちが来るか解らんからな。わしらの方で知っておくべきことは知っておく必要がある」

「はい――」

実を言うと、私は、かつての友人の死体に触るのは気が引けた。気持ちが悪かったからだ。しかし、探偵の巨匠の頼みを断ることはできない。意を決して死体の横に跪き、体の下に手を入れた。

「――ああ、それでいい」

死体を四十五度ほどに傾けると、増加博士はすぐに制止した。そして、真梨央にランプの光を近づけるよう命じた。

「幸いにも、銃弾は後頭部を突き抜けてはおらん。後で取り出して調べることができる――ふむ。落下の衝撃による骨折のようなものを除けば、傷は額にあるものだけのようだな――おや、待てよ、その左手はどうしたのかな」

私は、死体をそっと元のとおりに戻した。巨体を窮屈に折り曲げているガルガンチュアは、杖の先で、榊原助教授の左腕の手首のあたりを示した。

「何ですか」

真梨央が言うと、答えたのは、目減卿だった。

「背広の袖の部分が破れているのさ。これは手がかりになるかもしれんぞ」

本当だった。衣服が何かに引っかかり、小さく引き裂かれている。鉤裂きは二センチほどの長さがあった。

「そう言えば、グリーン執事はどうしましたか」

と、本館の方を見やって真梨央が尋ねると、

「あの老人は、村の駐在を呼びに行った。戻ってくるまで小一時間はかかるだろうな」

増加博士は腰を伸ばして、それから、二本の杖に寄りかかった。

「では、お二人の代わりに、俺たちが塔の上の部屋へ行き、現場検証をするんですか」

と、真梨央は皮肉混じりに言った。

「いいや、もちろん、わしらも見に行くぞ。このような悲劇が起きたとなってはな」

と、増加博士がため息混じりに言うと、

「いいや、乃公は行かん!」と、目減卿が宣言した。「もう密室だの、不可能犯罪だの、犯人の足跡がない殺人だの――そう言ったものには飽き飽きした。乃公はこりごりだ。毎度毎度、ロンドン警視庁の洋芥子《ようがらし》警部の奴が乃公の所へ持ち込んでくる事件

は、ろくでもないものばかりだ。これだって同じことさ！」

「しかし、それだと、あなたは増加博士との賭けに負けますよ」

と、私は、ホワイトホールの巨匠にその事実を指摘した。

「かまわん。肉体労働は乃公の主義に合わんのだ。階段をえっちらおっちら昇るくらいなら、潔く負けを認めるさ。エジプトがローマに屈したようにな――それに、殺人現場を直接見たからと言って、必ずしも謎が解けるとは限らんだろう。乃公は、後でおぬしたちから必要な情報を提供してもらえばそれでいいんだ。手がかりとか証拠とかのな。推理というのは、体を動かすことではなく、頭を働かせることを意味するのさ」

「解りました。見聞きしたことはすべてお話しいたします」

「ああ、そうしてくれ。乃公はここで死体の番をして、グリーン執事が戻ってくるのを待つ」

すると、増加博士は頷き、塔の入り口の方へ向かって一歩を出した。

「では、話は決まったな。加々美君。目減卿には好きなようにしてもらうとして、わしらはさっそく塔上の部屋へ昇ろうじゃないか。すまないが、君たち、後ろからわしの重たいお尻を押し上げてくれんかね――」

その時、よろよろとジョンが塔の脇から姿を現わした。顔が真っ青である。

「——さ、榊原助教授は？」

「だめでした」

と、私は悲痛な思いで首を振った。

「そ、そうか……エリザベスはどこだろう……本館へ行ったのかい……ああ、エリザベスが心配だ……私は、彼女の様子を見てくるよ……」

彼は譫言のように呟いた。

「待ちたまえ、ノーマン君」と、青い顔をしたジョンを、増加博士が呼び止めた。

「君はわしらといたまえ。いろいろ教えてほしいことがある。彼女なら大丈夫だ。グリーン執事の所へ行ったのじゃよ、使用人を警察まで行かせるためにな」

「でも……」

「わしが訊きたいのは、拳銃のことだ」

「拳銃？」

青い顔をしたジョンは、焦点のさだまらない目で巨匠を見た。

「この城に、拳銃は何丁ある？」

「え？」

「さっき見せてもらったスタンリーのリボルバーの他には？」

「あ、ありません。あれだけです……」

「では、殺人の凶器として、それが使われた可能性がある。君は、あの宝箱をどこにしまったかね」

「いつもの場所ですが……書き物机の、引き出しの中に……」

「宝箱に鍵はかけたかね」

「え、ええ……ほら……これです」

彼は上着のポケットから小さな銀色の鍵を取り出し、増加博士に渡した。

増加博士は目を細めて、それを観察し、

「これは、わしが預かっておいてもいいかな」

と、相手の返事も待たずに仕舞い込んだ。そして、私たちの顔を見回し、

「さあ、案内してくれ。事件現場にな」

と、催促した。

「す、すみません……私は、やはり、エリザベスが心配です……彼女が……」

と、ジョンは小声で呟き、私たちが止める間もなく、渡り廊下の方へフラフラと戻っていった。

「仕方がない。彼のことは放っておこう。わしらは殺人現場へ行くんじゃ」

その後ろ姿を見送りながら、増加博士がため息混じりに言った。

彼の巨体は、塔の狭い階段の中で、幅がほぼいっぱいだった。その重たい体を持ち上げるために、真梨央が前から彼の手をひっぱり、私は、カバのような尻を全力で押す必要があった。そのため、塔上の部屋の前まで来た時には、全員が汗だくになっていた。

「ああ、やっと戻ってきた」

と、室内で待っていたシオンが、顔を見せて文句を言った。

「――この木製の扉を壊したのは誰かね」

と、増加博士は息を整えながら、やっとのことで言った。

「僕です」と、私はランプを掲げて答えた。「羽目板を蹴破ってから、中に手を入れて閂をはずしたんです」

増加博士は右手を向き、さらに上へ伸びる階段の先を覗いた。途中で折り返しているため、屋上への出口は見えない。

「このまま階段を昇ると、屋上へ行けるのだな」

「そうです。行ってみますか」

「いいや。この部屋の中の観察の方が大事だ。そっちは後でいい」

室内には、まず私と増加博士が入った。真梨央とシオンは階段へ退いた。

増加博士は一歩中へ入った所で立ち止まり、二本の杖に体重を預けたまま、グルリと見回した。私は、彼の横に立ち、ランプの光を部屋中に満たすようにした。その光の向きとは逆方向へ、私と彼の影が音もなく移動し続ける。

「ジョン・ノーマンも酔狂な男だな。こんなに狭い部屋さえ、わざわざエジプト趣味で飾り立てたわけか――ふむ。石像の一匹は、たぶん、ジャッカルの頭を持つドゥアムテフのようじゃな。まさか、こいつらが歩き出して、被害者を窓から突き落としたわけでもあるまいが……」

と、増加博士は壁の四隅に立っている動物顔の神の像を睨んで言った。それから、彼は足下に視線を落として、床を調べながら、少しずつ窓辺に近づいた。そのあたりに血の飛沫が付いているので、踏みつけないように注意する必要があった。

私は不気味な顔をしたそれら石像を見回し、

「増加博士。この密室は、この四つの石像を利用して作られたのではないでしょうか」

「うん？　どういうことかな？」

「犯人は、これらの石像を用いてロープか糸を張り巡らし、扉の閂を部屋の外から閉めるためのトリックを仕掛けたのではないかと考えたんです。あるいは、拳銃をどれかの石像の上に取り付け、被害者を遠隔的に射殺したのかもしれません。犯行後には、その拳銃は、窓から外へ投げ捨てられるような仕掛けだったんですね。太いゴム・バンドか何かで」

増加博士は目を細めると、かすかに微笑み、

「それも可能性の範疇に入るが、わしは薄いと思うな。何故ならば、これらの石像はつい最近、この部屋に運び込まれたものだ。石像がトリックの一部だとしたら、過去に起きた二つの密室殺人の説明がつかない。しかも、前の二つの凶器には拳銃は使われていなかった。だいいち、拳銃をパチンコのごとく飛ばしてしまうゴム・バンドとやらはどこにある。どうやってそれを、この部屋の中から消すか回収するんだね」

「それは……そうですね」

言われてみれば、巨匠の指摘したとおりだった。そんな仕掛けを施したら、逆に妙な証拠を残すことになる。

増加博士は私が納得したのを確認してから、床の中央を杖の先で指さした。

「――これが凶器の拳銃というわけじゃな」

「増加博士、それはさっきジョンが俺たちに見せてくれた、スタンリーの銃ですよ。誰かが、宝箱の中から犯行のために持ち出したんですね」

と、後ろから真梨央が指摘する。

確かにそうだった。握りの部分には、特徴的な象牙の装飾がなされているから間違いようがない。

増加博士は、拳銃をよけて窓に近寄った。外へ大きな顔を出して下を見た後で、左右にある木製の鎧戸を調べ始めた。そして、ニヤリと微笑むと、

「若者たちよ。どうやらわしは、一つの手がかりと、別の手がかりとを結びつけることに成功したらしい」

と、指摘した。

「何がですか」

私は、彼の側に寄って尋ねた。

「ほら、これを見たまえ」と、巨匠は向かって右側の鎧戸の縁近くを指さした。「鎧戸を閉めるための掛け金の受け金の所に、榊原助教授の破けた背広の切れっ端が付いている。窓から落ちる際に左腕がぶつかって引っかかり、生地が裂けたものじゃろう」

「つまり、どういうことですか？」

「床に飛んだ血の跡と合わせて考えると、榊原助教授が拳銃で撃たれたのは、この窓辺で間違いがないということさ。その衝撃で、彼の体は窓の縁を乗り越えて、外へ落下したんじゃな」

「当然だと思いますが……」

私はよく話の意味が解らず尋ね返すと、

「そうかな。わしは年を取りすぎているせいで、何事にも懐疑的になり、疑り深いのかもしれん。わしは、被害者が本当にここから落ちたのかどうか、今の今まで確信を持ってはおらなんだぞ」

「何故ですか」

「たとえば、彼は、屋上の縁から落下したのだとしたらどうかね」

増加博士は、低い天井を見上げて言った。

私は首を横に振って、

「それは絶対にありませんよ。この部屋の入り口の扉は、室内側で閂がかかっていました。あの太くて重たい閂がですよ。さっきはロープや糸でと言いましたが、あれは実際には、手で持って動かさないとけっして受け金にはまりません。事件が起きた時、最低一人は、この部屋に誰かがいたという証拠になります」

「その一人が、被害者の榊原助教授だと言うのだな」

「そうです。犯人ではなく、被害者自身が何らかの理由で閂をかけたということも考えられます」

「では、犯人はどこへ行ったんじゃ。彼の額を拳銃で撃ち抜いた憎き悪人は？」

「解りません」と、私はもう一度かぶりを振った。「煙のように現われ、煙のようにかき消えてしまった犯人――まさに幽霊のような奴ですね」

すると、入り口の所で腕組みしていた真梨央が、難しげな表情をして、

「十年前の事件とは違い、今度こそ、内出血型の密室トリックを疑ってみたらどうかな」

と、意見を述べた。

「何、それ？」

と、シオンがすかさず訊き返す。

「被害者は近距離から撃たれたわけではない。逆に言えば、犯人は少し離れた場所にいたわけだ――」と、真梨央は説明し、一歩後退って、狭い踊り場の中央に立った。

「――犯人は、この位置から窓辺に立っている被害者を撃ったのだろう。そして、傷

ついた被害者が、続けて攻撃されるのを恐れ、急いで扉に飛びつき、これを閉めて閂もはめたのさ。さらに、被害者は扉越しに撃たれないよう、あわてて窓まで下がった。しかし、その時にはすでに意識が朦朧としていて、バランスを崩して外へ落ちてしまったのさ」

「だって、額の真ん中を撃ち抜かれているんだよ、即死でしょう？」

シオンが笑いをこらえたような顔で言った。

「脳を損傷したからと言って、必ずしも即死するとは限らないさ」

と、真梨央は真剣な顔で言い返した。

増加博士はメガネの掛け具合を直しながら、

「麻耶雄嵩の推理小説にあるような奇跡的な出来事は信じられないかね、シオン君？」

と、優しい声で尋ねた。

「うん」

「自殺するために口の中にライフルを突っ込み、自分で後頭部を吹っ飛ばした人間がその後もしばらく生きて行動していたというような事例は、過去にいくつもある。だが残念ながら、この場合は、麻生君の推理は成り立たないようじゃ。窓辺から扉までの間に、まったく血の滴りがないからな。

それから、拳銃が室内に落ちていたのも、その推理と矛盾する。麻生君の言うとおりなら、拳銃は犯人の手の中にあるのだから、室内にあるはずがない――やはり、被害者は撃たれたほぼその瞬間に、窓から墜落したと考えるべきだ」

「麻生先輩。僕らはその入り口のすぐ下にいたんですよ。銃声がした途端に、階段を駆け上がりましたが、犯人の逃げる姿も足音も聞きませんでした」

と、私は確信を持って証言した。

「そうか。ならば、この説はだめだということだな」

真梨央は渋い顔をして頷いた。

「ねえ、ボクも室内を見ていい？」

と、シオンが断わり、室内へ入った。

「かまわんとも、麻生君も見たまえ」

と、増加博士は気前よく言い、私にも外へ出るように指示した。彼らと場所を変わった増加博士は、壊れた扉をよく観察し、

「門は非常に古い物だが、扉はわりと新しいな。十年前の事件の時に、警察が中へ入るために壊したので、後で取り替えたものじゃろう――」

と、ブツブツと呟いた。

真梨央とシオンが室内をひととおり見終わると、増加博士は上着のポケットから綺麗なハンカチを取り出した。

「麻生君。すまないが、その拳銃をこれで包んで拾ってくれないか」

「現場保存が大事なのでは?」

真梨央は怪訝な顔をした。

「本来ならそうだが、警察や鑑識がいつ来るか解らない。それより、これがジョン・ノーマンの宝箱に入っていた拳銃の片割れかどうかを確認する方が大事じゃ」

「解りました」

真梨央はハンカチを受け取り、ソッと包むようにして拳銃をつまみ上げた。ところが、彼は眉をかすかにしかめて、

「——増加博士。何か変ですよ」

と、拳銃に顔を近づけ、筋の通った鼻をヒクヒクさせた。

「何じゃね」

「銃身が熱くないんです」

「一発しか撃っていないからじゃろう」

「ですが、火薬の匂いもしないんです」

「どれどれ――」

増加博士は赤ら顔を、真梨央の手の中にある拳銃に近づけた。

「本当だわい。まったく火薬の匂いがしない。長い間、撃ったふうではないわな――麻生君、薬莢はどうじゃな？」

真梨央はハンカチで包んだまま弾倉を回転させ、中を確認したが、実弾も空の薬莢も入っていなかった。

「不可解じゃ。床にも薬莢は落ちていない……」

増加博士は途方に暮れたような顔で呟いた。彼は私たちの顔をぐるりと見回し、

「――となると、諸君。殺人に使われた凶器は、どうやら、この拳銃ではないようじゃぞ」

と、かすれた声で言った。

6

私たちは塔を下りると、上の部屋の様子や状況を目減卿に説明した。そして、死体

の見張り番を召使いに代わってもらい、目減卿と共に本館に戻った。事件のショックで気絶寸前のエリザベスを介抱しているジョンを捕まえて、増加博士は、書斎にしまってあるという宝箱を見せてほしいと頼んだ。

「わ、解りました。持ってきます。すみませんが、博士。鍵を返していただけますか」

ジョンは増加博士から小さな鍵を受け取り、書斎の方へ足早に去った。すぐに、彼は問題の宝箱を持って戻ってきた。テーブルの上にそれを置くと、鍵穴にさしてあった鍵で蓋を開いた。中には、拳銃が一丁だけ入っていた。

目減卿が待ちかねたように身を乗り出し、宝箱へその大きな顔を近づけた。

「――なんたることだ。こっちの奴こそ、火薬の匂いがプンプンするぞ」

と、あぐらをかいたような鼻をひくひくさせ、目減卿が唸るように言った。

「ノーマン君。指紋が付いているかもしれんから、大事に扱ってくれ」

ジョンは増加博士に注意され、ビロードの布きれを使って拳銃を確認した。回転式の弾倉の中からは、実弾が四発と、空の薬莢が一つ出てきた。

「銃身も、ほ、ほんのりと温かいですよ――」

ジョンが怯え顔で言う。

目減卿がふふんと鼻を鳴らし、

「実際の凶器はこれだな。塔上の密室内に落ちていた凶器は偽物だったわけだ。実に面白い事態だ」

と、皮肉な口調で言った。

「いったい、どういうことなの？」と、シオンが小首を傾げて尋ねた。「本物の凶器の拳銃がここにあって、使われなかった拳銃が殺人現場にあった——ボク、ぜんぜん状況が解らないや」

「状況が解らないのは、わしらも同じじゃよ、シオン君」

と、増加博士が優しい口調で言った。

「この事件は、ひどくお先真っ暗でこんがらがっている。そういうことだ」

目減卿は、苦虫を嚙み潰したかのような顔をしている。

真梨央は前髪をかき上げながら、

「加々美たちが銃声を聞いた時に、この拳銃が犯人と共に室内にあったとしたら——いいや、そんなはずはないか——すぐ下の階段にいた加々美たちは、銃声がした途端にあの部屋まで駆け上がったのだから、犯人が、扉の外側で細工をして密室を作るような暇はなかったわけだし——」

と、いろいろと思案する。

「もう一つの拳銃で空砲を撃ったのかとも思ったのですが、あっちはまったく使われた形跡はありませんしね」

と、私も考えれば考えるほど、状況が解らなくなった。

シオンは怖々とした目で、

「まさか、この拳銃、独りでに宝箱から出て、空を飛んでいって榊原さんを撃ち殺したんじゃないよね。そして、また、塔からここまで戻ってきた……」

「そうした不可解な出来事を解き明かすのが、乃公たちの仕事というわけだな」

と、目減卿が葉巻を取り出しながら言った。真梨央が彼にライターを渡す。巨匠はそれで葉巻に火を点け、

「とにかく、作者の奴もなかなかやってくれるじゃないか。密室の謎の他に、二丁の拳銃の謎まで突きつけてくるとは――フェル博士もH・Mも出てこない、カーの『第三の銃弾』という長編の設定に少し似てきたぞ。あれは、三丁の拳銃の存在が謎また謎を呼ぶ話だったがな。まあ、なかなかのサービスぶりだ」

作者を揶揄するように窘めた目減卿は、腑抜けたように椅子に腰掛けているジョンの方を向き、

「おい、ノーマン君。この宝箱の鍵は、ずっとおぬしが持っておったのかな」

「え、ええ――そうです」

ジョンはうつろな目を上げ、小さく頷いた。膨れた頰にはまったく力も張りもない。彼は、チョッキの小さなポケットを手で押さえた。

「――こ、ここに入れていました」

目減卿はまた鼻先で笑うと、

「シオン君の言うとおりだ。凶器の拳銃は、鍵のかかった宝箱から勝手に抜け出し、《首吊りの塔》まで宙を飛んでいって、閂のかかった部屋の中にいる榊原助教授を撃ち殺し、それから、あわててここへ帰ってきたというわけさ。となると、塔の上に棲む幽霊を探すより、呪われた拳銃の因縁を暴露した方が、事件の解決のためには早道かもしれんて――冒険家スタンリーが、密林の呪術師の手を借り、この拳銃に呪いをかけたというような話を知らんかね」

と、当てこすった。

ジョンは何も言えず、うなだれている。

目減卿はさらに、城主を責めるように、

「鍵は、その一つだけか」

と、怖い顔をして問いつめた。

「は、はい――」

太った城主は、怯えた顔で返事をした。

「まあ、しかし、こんな簡易的な錠前では、誰でも簡単にあけることができるな。針金さえあれば乃公でもできる。もしくは、おぬしが勘違いをしていて、鍵が複数あるかだ」

「そんな――」

と、ジョンは、自分にかけられた疑いに驚いて喘いだ。

私は、テーブルの上に別々に置かれた二丁の拳銃を見ながら、

「塔上の部屋に落ちていた拳銃の方は、護身用に、榊原助教授が持ち出したのかもしれませんね」

「それはたぶんあり得ない話だ」

目減卿が即答した。彼は、暖炉の側の肘掛け椅子に腰掛けた。

「何故ですか」

「そうだとすれば、その拳銃にも銃弾が込められていたはずだろうが」

「なるほど」

彼の指摘はもっともだった。

煙を吐き出した巨匠は、哀れな城主の方を向き、

「ノーマン君。銃弾の保管場所は？」

「そ、その宝箱のクッションの下に、十二発入っていました。しかし、今見たところ、五発がなくなっています。つまり、凶器として使われた拳銃に、誰かがそれだけの弾を込めたのではないでしょうか」

「何とも不用心なことだ」

「ええ。今となっては、後悔しています――」

ジョンは頭をかかえ、俯いてしまった。

私はハンカチを使って、宝箱の中に敷いてある紫色のクッションをどかしてみた。確かに、裸の銃弾が七発残っている。

もう一つの肘掛け椅子に腰を下ろし、増加博士が提案した。

「それよりも、犯罪動機について考えようじゃないか、諸君。誰が、何故、榊原助教授を殺したか――」

「それは明らかですよ」と、真梨央が薄く笑いながら言った。「榊原助教授は、作者によってイヤミな性格に設定されていて、皆から嫌われていました。その上、今回の

小説では、彼が殺されることでこうして事件が始まったわけです。ですから、たいした動機付けなんか、作者は考えてはいませんよ」

「表向きはそうじゃろうな、麻生君。しかし、意外にも、何か風変わりな殺害動機を作者は思いついたのかもしれん」

シオンが、フカフカの長椅子に飛び乗るようにして座り、

「さっき、榊原助教授は、エジプト学の新発見をしたって言ってたよ。その秘密を、誰かが奪おうとしたのかも」

「奪うとすれば、彼の師匠であるエジプト趣味のジョン・ノーマン君だけだな」

と、目滅卿が容赦なく言う。

増加博士は、被告席に立たされかかっている城主をかばうように、

「確かに、榊原助教授が死ぬことによって、その大発見が解き明かされぬ秘密となって残ってしまった。否も応もなく、それに興味を持ったわしらは、自分自身の粗末な脳を使って謎解きをしなければならない事態に陥った。彼の望んだとおりにな」

「そういうことですよ」と、真梨央は長い顎に手をやったまま頷いた。「それが、作者の設定した犯行動機なのでしょうね」

「では、麻生君。犯人であるわしらの内の誰かは、作者のその企みを達成させるため

に、手先となって、榊原助教授を殺したというのかね」

「それが唯一の正解だと思いますよ。犯行動機に関してはね」

彼はそう言い、全員の顔を見回した。

私はひょっと思いついたことがあって、

「だとすると、麻生さん。今回の事件は、榊原助教授の自殺という線も疑った方がよくありませんか。現場の状況から言えば、犯人なんて最初からおらず、彼が何らかの方法で密室殺人を自作自演したという感じを受けます」

「何らかの方法？」

「たとえばですね、共犯者が一人いたとします。榊原助教授は、僕らが階段を昇ってくるのを見計らい、扉に閂をかけ、窓から身を乗り出して拳銃で自殺します。死んだ途端、外に落ちるようにね。そして、僕らが塔の下にたどり着くより早く、下で待っていた共犯者が拳銃を回収し、本館にあるこの宝箱の中に戻しておくんですよ」

「それはだめだな」と、真梨央はあっさり否定した。「何故なら、地面に墜落した死体のまわりに、誰の足跡もないことを確認したのはお前自身じゃないか。足跡だけではなく、他の何かの怪しい痕跡もなかった。それに、自殺方式のトリックだった場合には、過去の密室殺人事件の説明がつかない」

「そうでしょうか。十年前の事件の際、榊原助教授が、この城の人間とどういう関係にあったのか、ここまでの話ではいっさい出てきていませんよ」

するとと、ジョンが力なく首を振り、自分と彼の関係を説明した。

「親父が死んだ時には、榊原君とはまだ知り合いじゃなかった。彼はその頃、S大学の考古学チームに加わって、エジプトで発掘作業に加わっていた。これは間違いのない事実だ。彼が私の所で働くようになったのは、三年前からだ」

「ねえ、加々美さん。麻生さん。どっちにしたって、そんなに真面目に考えることないんじゃないの」

と、シオンが投げやりな顔で言った。

「何故だ？」

真梨央は怒ったように訊き返した。

「だってさ、どうせこれ、メタ・ミステリーなんでしょう。だったらトリックの方だってさ、まともな方法なんか使っていないに決まっているもの。本の外から読者が拳銃で被害者を撃ち殺したとか、本を横にしたら、塔は塔でなくなり、登場人物の誰でも簡単に窓から侵入できたとか——そういうくだらない答なんだよ」

「それは一理あるな。しかし、登場人物としては、素知らぬ振りをして、この虚構世界の中で演技を続けなければならない。それがお約束だぞ、シオン」

「はーい」

シオンは不服そうに返事をした。

葉巻をふかしながら、目減卿はゆっくりと全員を見回し、

「とにかくだ。乃公たち登場人物のやるべきことは、密室殺人の謎を解くことと、エジプトのピラミッド建造の謎を解くことの二つだ――まあ、それは、この話が始まった時から自明だったがね」

「謎は本当に解けるのかな、目減卿？」

と、シオンが無邪気な顔で言う。

巨匠は腹に据えかねたような表情で、

「解けるに決まっておる」

「わしも、謎が解ける方に賭けよう」

と、増加博士が自信満々に言った。

「――皆さん、これでもお飲みになっていてください」

その時、エリザベスが料理女を連れ、銀の盆にウイスキーとコーヒーを持って現われた。髪は乱れ、顔色は悪く、すっかり憔悴しきっている。

「おお、お人形ちゃんや、ありがとう」

目減卿がまんざらでもない顔で言う。彼女のような金髪の女性に弱いようだ。

「ところで、グリーン執事は戻ったかね」

増加博士がグラスを一つ取りながら、尋ねた。

「いいえ、まだですわ。山裾にある村まで行って戻ってくるだけで、かなり時間がかかりますから」

「ちょっと尋ねるが、君は何故、あの時、あの塔へ現われたのかね」

「――え？」

エリザベスはギクリとした。

「ま、待ってください！」ジョンが椅子から飛び上がり、妻に寄り添った。「増加博士。あなたは、私の妻を疑っているのですか！」

「念のために確認しているだけだよ、ノーマン君。君らが塔へ昇り、それを追うようにして彼女が姿を現わした。その理由を知りたいだけだ」

青ざめたエリザベスは、嫌々をするように小さく首を振り、

「別に深い理由はありませんわ、博士。執事のグリーンから、ジョンが《首吊りの塔》へ向かったと聞いて、私も夫と一緒にあの呪われた部屋を見たいと思っただけで

すの。じ、実は、以前の事件以来、私は一度もあそこへ上がったことがありません。榊原助教授が、エジプトの石像などを運び上げたことは知っておりましたから、どんな感じになったのか興味を引かれていたんですの」

「銃声が聞こえた時、君は、階段のどの辺にいたかね」

「まだ塔へ入ったばかりでしたわ。ずっと上の方からくぐもったような銃声が聞こえて――とても恐ろしかったのを覚えています。ジョンに何かあったのではないか――そう思って、無我夢中で階段を駆け昇りました」

エリザベスのつぶらな瞳の中には、怯えが含まれていた。

増加博士は皆の顔を見回し、

「誰か、銃声が聞こえた時間を覚えているかね」

と、確認した。

私は、自分の腕時計を見ながら答えた。

「塔へ向かったのが、午後十時二十分頃でした。ですから、十時四十分から五十分の間です」

「その時刻に、アリバイのある者は？」

答えたのはシオンだった。

「増加博士。そんなことを訊いても、無意味じゃないの」

「何故かな」

「だって、被害者以外の全員が、あの密室の外にいたんだよ。少なくとも、ボクと加々美さんとノーマンさんとエリザベスさんは、あの塔の階段にいたことが明白なんだから、絶対に犯人のはずがないしさ」

「そうとも言えんだろう。さっきから何度も議論しているが、あの銃声が起きた時に榊原助教授が死んだという確証はない」

「そうなの？」

「そうじゃ。あの音は、君らの誰かがアリバイを作るために、火薬か花火か空砲を使って作った偽の銃声だった可能性も高いぞ」

「疑いすぎだよ」

シオンは文句を言ったが、私は否定できなかった。そう言えば、あの銃声は近いけれども遠いような、妙な聞こえ方をしたようにも思うからだ。

増加博士は軽く目を瞑り、

「銃声の偽装はあり得ないことではない。実際の殺人は、君らが塔へ昇る前に行なわれていたとしたらどうかね、シオン君」

「そうだとしても、ボクたち三人はずっと一緒に行動していたよ」

「そうだろうか。君らを呼びに来る前に、ノーマン君がすでに榊原助教授を殺害していたということも考えられる」

「ぞ、増加博士。何をおっしゃる――」

ジョンがギョッとして文句を言いそうになるのを、大きな手を出して増加博士は差し止めた。

「これは一つの仮説じゃよ、ノーマン君。そう心配する必要はない。塔から落下した死体はまだ真新しくて、額の傷からは血があふれ出ていた。今、わしが述べた説では犯行を説明しきれない」

「俺は特にアリバイはないな」と、真梨央が自発的に言った。「酔い覚ましも兼ねて、図書室でちょっと本を読んでいたのでね」

「私は、執事のグリーンと一緒に、明日の食事の手配などに関して話をしていましたわ」

と、エリザベスが弱々しい声で言う。

「増加博士と目減卿は？」

シオンが悪戯っぽい目で言うと、目減卿が悠然とした態度で葉巻を揉み消しながら、

「乃公たちはずっと音楽室にいた。酒を飲みながらな」

「そうすると、アリバイのないのは、麻生さんだけなんだね」

「どうやら、そうらしいな、シオン」

真梨央はまったく悪びれずに同意した。

「――おや、あれは？」

耳を澄ます格好をして、増加博士が呟いた。

玄関ホールの方から、どやどやと人の足音が聞こえてきたからだ。グリーン執事と、制服を着た初老の警察官だった。

イアン・ニコルソンという名の村の駐在は、チャップリンのようなチョビ髭を生やした小男であった。はっきり言って、その風貌を見ると、あまり頼りになりそうな気がしなかった。何しろ、この村では、犯罪事件はめったに起きないからだ。

増加博士が代表して、ニコルソン巡査に事件の概要を話し、死体と事件現場の保存を頼んだ。町から刑事や鑑識が来るのには、まだ二、三時間かかるだろうということであった。

そして、刑事たちと検死医が到着したのは、午前四時を回った時間だった。我々に対する事情聴取があり、鑑識が来たのはそれからさらに一時間後のことであった。

朝食後まで、警察は現場検証を続け、その最初の報告を受けたのは、もう午前十時になろうという頃であった。私たちは長椅子などで仮眠を取り、食堂で軽い朝食を食べて、警察の捜査が終わるのを、音楽室の方でコーヒーを飲みながら待っていたのである。

刑事たちを統括しているのは、目減卿の旧友の洋芥子警部だった。丸顔の人の良さそうな中年男性で、巨匠と顔を合わすなり、ぼやき始めた。

「――これはまいりましたなあ。本当に、あなたの行くところ、いつも不可思議な殺人事件ばかり起こるのはどういうわけですか。窓も扉も閉じられている密閉された部屋での殺人とか、雪の上に犯人の足跡が一つもない殺人とか、そういう難しげな事件ばかり私の所に持ち込んできますけど、私は面倒は金輪際お断りですと、この前お会いした時にお願いしたではありませんか」

「洋芥子警部。いいから、必要な説明を先にするんだ」

目減卿は怒るでもなく言った。

「はいはい」

と、社会の従僕は頷き、空いている椅子の一つに腰掛けた。そして、念のためにメモを見ながら、

「二丁の拳銃のどちらにも、ジョン・ノーマン氏と被害者の榊原助教授の指紋が見つかりました。しかし、実際に弾を発射した方の拳銃は布か何かでこすったらしく、指紋にかすれた部分が見受けられます。犯人が手袋をはめていたのかもしれません」

「被害者を撃った拳銃は、あれで間違いないか」

「それは、死体を解剖して、撃ち込まれた銃弾を取り出さなければ解りません。銃弾の旋条痕の比較が必要ですからね。あと、検死医の言によれば、死因に関しては疑問はないそうです。額に弾が命中した時点で命を落としていたのは間違いありません」

「死亡推定時刻は？」

「それは、あなたたちの方がよく御存じでしょう？」

目減卿はもう一人の巨匠の方を向き、

「増加博士。君から、何か質問はあるかね」

と、尋ねた。

葉巻を灰皿の上に置いた増加博士は、

「洋芥子警部。こんにちは。今日は御苦労様じゃね」

と、相手の仕事ぶりをまずねぎらった。

丸顔の警部は頭を下げて、

「これは、これは、御高名な博士にお会いできて、光栄です——博士のお友達の羽鳥《はどり》警部は呼ばれなかったのですか」

「うむ。彼は今回、残念ながら出番がないのだよ」と、増加博士は答え、「ところで、さっそく質問に入らせてもらうが、あの塔の上の部屋に、何か犯人の遺留品らしきものはあったかね。また、入り口の扉や閂に、何か怪しい跡——指紋——などは付いていなかったかね」

「まったくありませんでした、増加博士。閂に付いていた真新しい指紋は被害者のものです。榊原助教授が、自分で閂をしめたに違いありません」

「ふむ。すると、密室状況は完璧なようじゃ。あの中で殺人が起きたとすると——」

「——むしろ、私は、ノーマン氏らに問い正したいですな」と、洋芥子警部は、私たちの顔をジロジロと見た。「本当に、自分たちの目の前で——扉越しにしろ——彼が撃ち殺されたのかどうか」

ジョンは額の冷や汗をハンカチで拭きながら、

「う、嘘なんか言っていませんよ、警部。加々美君やシオン君が証人だ。あの閂のかかった部屋の中から銃声が轟き、扉を蹴破って中へ入ってみたら、犯人の姿はまったくなかったのです」

「うん、そのとおりだよ、警部」

と、シオンも強く認める。

私も正直に訴えた。

「ええ、あの小部屋の中には誰もいませんでした。しかし、恐ろしい殺人は歴然として起こったんです。犯人がどうやってあの部屋から逃げ出したのか、僕もぜひ知りたいと思います」

「呪われた殺人——幽霊による復讐がまたも起きたというわけですな。しかも、今度はエジプトのファラオの魔力まで加わって」

洋芥子警部は皮肉混じりに言ったが、誰も答える者はいなかった。

「他に情報はあるか」

と、目減卿が尋ねた。

「いいえ。現在まではこれだけです」

と、洋芥子警部は恐縮顔で返事をした。

すると、真梨央が低い声で、

「——さて、どうするんです、増加博士。検死解剖や銃弾検査の確認を待つんですか。それだと、まだだいぶ時間がかかりますよ。ここから死体を運び出すとして、明日にならないと、それらの結果は解らないでしょうね」

増加博士は頰を膨らませ、重々しい声で否定した。

「いいや、麻生君。そんなに悠長に待ってはおられん。わしは気が短いし、この中編の枚数も限られておることだしな。すぐにでも、事件は解決してしまいたいところだ」

「犯人の目星はついているのですか」

「ついている。それに、密室の謎もだいたい解けておる」

増加博士は自信たっぷりに返事をした。

「えっ、本当なの!?」

それを聞いてびっくりしたシオンが、大きな声を上げた。

「本当じゃとも、若者よ。何しろわしは、いみじくも目減卿と並んで不可能犯罪の巨匠と呼ばれておる老人じゃからな。少しは、その名声に相応しい働きをせねばならん」

「過去の二つの密室殺人も?」

「うむ。今回と合わせて三つじゃ」

「嘘じゃないとしたら、すごいや！　昨夜起きたあの不思議な事件を、もう解いてしまうなんて！　増加博士は天才だよ！」

シオンは喜びに満ちた声で万歳をした。

「目減卿——あなたの方はどうなんです？」

と、冷静な目を彼に向けて、真梨央が尋ねた。

「もちろん、乃公にも犯人が誰かは解っているさ。密室の謎だってそれほど難しい問題じゃない。わりと簡単に解けたぞ。何しろ、乃公は十五世紀の勇敢な騎士の生まれ変わりだ。どんな困難も打ち砕く気概を持っておるでな」

「そうだとすると、素晴らしいですな」と、目を輝かせて洋芥子警部が言った。「あなたたち二人の探偵によって、警察の仕事が著しく捗《はかど》るというものです。犯人逮捕も時間の問題と期待していいのですね」

「そうであるならば、増加博士と目減卿の推理を、俺たちも謹んで聞かせていただきます——まず、増加博士から先に話をしてくれませんか」

と、真梨央が頼んだ。

「わしが？」

増加博士が、遠慮がちにもう一人の巨匠の方を見ると、

「乃公ならいっこうにかまわんよ」と、目減卿が分厚い胸を張り、威厳を見せながら言った。「増加博士がこの事件を解いたと言うのなら、ぜひその名推理を拝聴しよう。そして、それが間違っていると思ったなら、乃公が訂正することにする」

「そうすると、またあなたの輝かしい事件簿に、《首吊りの塔の密室殺人》事件解決という名誉が加わるわけなのですね」

洋芥子警部が揉み手をして、お追従を言う。

「いいや、題するならば、《エジプト・ピラミッド殺人》事件さ。後で解るが、その方が適切な題名なんだ」

目減卿は、まんざらでもない顔で返事をした。

真梨央は小さく肩をすくめ、もう一人の巨匠の方を見た。

「――という段取りでいいですね、増加博士？」

「では、ここには登場人物もほぼ揃っている。すぐにでも、犯人追及と密室の謎解きを始めることにするかね――しかし、まずその前に酒をもらおうか。ビールを大ジョッキで。ラガーじゃぞ」

増加博士は、城主夫人のエリザベスに向かって頼んだ。

7

ビールを一口啜った増加博士は、

「オホン」

と、咳払いをした。その山賊のような口髭にビールの泡が付いている。

「わしはもったいぶった話が嫌いな人間なんでな。犯人を告発するのに、遠回しな演説をぶつつもりはない。かつてわしは、毒殺魔の性格について分析し、密室のトリックについて講義を行なったこともあるが、実は拳銃を武器とする犯人の心理についても興味を持っておるんじゃよ。多くの場合、銃殺事件は突発的な犯行であることが多く、拳銃を撃って悲劇をもたらすのはほぼ女性であると決まっているのさ。それは、腕力の欠如を拳銃という力の象徴によって補完する意味があってだな——」

「増加博士。そんな話はどうでもいいよ」と、シオンが身も蓋もない言い方をした。

「早く犯人の名前を教えてよ。いったい誰が犯人なのさ」

「オホン」と、増加博士はまた咳払いをし、「そうじゃったな。まずは恐怖に乱れたこの城に秩序を取り戻すためにも、犯人の名前を言おうか」

「誰なの、誰なの！」

　シオンは浮き浮きした顔で催促した。

　増加博士は、ゆっくりと室内にいる全員の顔を見回した。私、麻生真梨央、武田紫苑、ジョン・ノーマン、エリザベス・ノーマン、グリーン執事、目減卿、洋芥子警部……。

「料理人夫婦は、探偵小説の古くからの伝統に則り、この際、容疑者の列からはずれてもらおう。ヴァン・ダインが戒めたように、感情や心理や思考の読めぬ端役を意味なく犯人にするのはフェアではない。そこまでのインチキは、こすっからいこの小説の作者も考えてはおるまい」

「同感です。誰も異存はありませんよ。それは先に皆の同意を得たとおりです。読者だってそう思うはずです」

　代表者として、真梨央が言う。

「となると、ここにいる誰かが、《首吊りの塔》で榊原助教授を銃殺した犯人だということになりますね」

　と、私は恐れる気持ち半分と期待する気持ち半分で言った。

「ああ。犯人だって、もう覚悟ができているだろうさ」

と、真梨央は容赦なく言う。

「メタ・ミステリー仕立てで、読者とか作者とか、その他の、登場人物でない誰かが犯人でなければね」

と、シオンが横やりを入れる。

「チッ、チッ」と、増加博士が舌打ちした。「それは、考えすぎというものだぞ、お若いの」

「そうかなあ。この小説って、何でもありっていう感じもするじゃない」

増加博士は顎の先をぐっと引き、胸を張って、得意の講義でも始めるような姿勢を取った。

「よし。それでは、犯人の名前を言おう。わしらが探し求めていた犯人は、この人物じゃ——エリザベス・ノーマン夫人じゃよ」

増加博士は、彼女の顔を真っ直ぐに指さした。

「わ、私!?」と、長椅子に座るエリザベスはビクリとして、悲鳴を上げた。「——ぞ、増加博士、存じませんわ。私は存じません。人殺しなど——私は犯人なんかじゃありませんわ！」

「ノーマン夫人。残念ながら、君の態度はとても往生際が悪いとしか言えないようじや。わしには、君があの拳銃で、榊原助教授を撃ち殺したことがはっきりと解っておる」

「嘘です！　違います！」彼女は椅子から飛び上がり、さらに悲鳴を上げた。「私ではありません！」それから、横に座る夫の腕を激しく揺さぶり、「――ジョン！　何か言って！　増加博士は、何か恐ろしい勘違いをしているわ！」

「そうですとも、増加博士。あなたはひどい間違いを犯している！」

立ち上がり、錯乱する妻を抱きしめたジョンが、増加博士を憎々しげに睨んだ。

対照的に、巨匠の方は落ち着き払っていた。

「いいや、わしは一つも間違いなどおかしておらん。エリザベスの犯行を手助けしたのは、君――ジョン・ノーマンであり、それをさらに手伝ったのが、執事のグリーン老人だ。つまり、今回の犯行は、君たち三人全員による共謀だったということじゃな」

「そ、そんな！」

ジョンは怯えたような目で叫び、

「わたくしは、関係ありません！　本当です、増加博士！」

と、グリーン執事が必死の形相で訴えた。

増加博士は、そんな彼らの態度を無視してビールのお代わりに口を付け、「《首吊りの塔》で何があったかを説明しよう」と、他の者たちに話しかけた。「彼ら三人が悪しき犯人であることが解れば、あの不可解な犯行の次第も簡単に説明できる。彼らが結託して拳銃を宝箱から持ち出し、また、こっそり戻したことは言うまでもない。しかし、それはやりすぎだった。そんなことをしないで、拳銃など、塔のまわりの森のどこかに投げ捨てておいた方が良かったのだ」

「解りません」と、私は首を横に振った。「この三人が犯人だとして、何故、そんな面倒な真似を？」

「理由の一つには、密室の中にいる榊原助教授を撃ち殺すのに、宝箱にあるもう一丁の拳銃が必要だったことだな。それから、もう一つの理由は、そうすれば、拳銃が勝手に宙を飛んでいって殺人を犯すにせよ、不気味な亡霊が出てくるにせよ——怪奇的な光景が演出されると考えたのじゃろう」

「確かに、僕らも一瞬、そんな非現実的なことを想像しましたが……」

「そうじゃろう」

「でも、だからと言って、単に共謀したくらいで、あの厳重な密室殺人が成し得るとは思えません」

「神は愚人を愛す！」増加博士は高らかに叫び、「順を追って話そう。要は単純な仕掛けなのじゃ。複雑な事件に見えても、実は手品の種は簡単なものさ。そして、種が簡単であればあるほど、その手品は効果的で鮮やかなものに見える」

「ええ……」

増加博士は、こわばった顔で抱き合っているノーマン夫妻を一瞥してから、

「この事件全体を手品にたとえるとすると、犯人にとって大事だったのは、《首吊りの塔》での密室殺人が、過去から現在までに三回行なわれた――そうわしらに思い込ませることだった。一つではなく、三つであることが肝心なのだ。そうすれば、わしらの側には、この密室殺人が恐ろしく不可能なものに見えるからだ。つまり、事件が増えれば増えるほど、トリックの解法が困難なものだと人に感じさせることができるのじゃよ」

「でも、確かに、困難ですよ」

増加博士は首を横に振り、

「いいや、そんなことはない。その三つの事件を一つ一つ個別に検討していけばな」

「問題を、別々に考えるというのですか」

「そうじゃ。最初の密室殺人事件――十七世紀のエドワード・ホプキンズ卿の事件の

場合には、まったく伝説の域を出ておらん。単なる怪談だと思って良い。窓も木製の扉も施錠されたあの塔の上の部屋で、ナイフを胸に刺されて死んでおったということだが、本当にあった出来事だかどうか怪しいし、もしも本当に彼が殺された事実が存在したとしても、殺害状況に関してはいくらでも疑念が挟める。現代のように、警察や鑑識ががっちりと現場を捜査するわけではないしな。

この伝説そのものが、ジョン・ノーマンの恣意的な作り話であった可能性もあるし、実際の伝承だとすれば、そこから今回の事件を思いついて計画を練ったのじゃろう」

「では——」

「うむ。というわけで、十七世紀の昔話は、今回の事件を解き明かそうと思うわしらの頭の中からは、綺麗さっぱり消してしまうがよかろう」

「——はあ」

「次に、十年前に起きたスティーブ・ノーマン卿の殺害はどうじゃろうか。こっちの密室殺人事件は、容疑者も今回と重なりあっていて、息子のジョン・ノーマンに、その恋人のエリザベス、それから、グリーン執事という有様だ。特にジョンとエリザベスは、結婚問題と財産譲渡問題で、父親との間に激しい諍いがあったことが知られている。それだけでも、当時の警察がしたように、わしらが彼らに疑いの目を向けるのは充分な根拠がある」

「ええ、解ります」

実はよく解らなかったが、私は適当に相槌を打った。

増加博士は、料理女にビールのお代わりを頼み、

「そして、結論から言えば、当時の警察の疑いは正しかった。スティーブを殺したのは、ジョンとエリザベスだったのだ――いや、正確に言えば、今回同様、直接手を下したのはエリザベスであり、ジョンはそれを手助けしただけなのだ」

「どうやってですか、増加博士」

と、強い関心を示しながら、真梨央が尋ねた。

当の夫婦は、蒼白な顔をして、凍り付いた人形のように抱き合ったまま凝り固まっている。

「そうだよ、増加博士。スティーブという人も、あの《首吊りの塔》の上の部屋に一人でいて、そこは中から閂がかけてあったんだよ。今回と同じく密室状況じゃないか。犯人は、その部屋へ、どうやって出入りしたの？」

シオンも、興味津々の顔で尋ねる。

増加博士は料理女から新しいジョッキを受け取り、

「エリザベスが、あの部屋の中へ入るのは簡単だった。何らかの口実を設けて、ステイーブと一緒に入ったからだ。そして、何らかの理由を付けて、閂を掛けたのだ。というより、わしには想像がついている。エリザベスは、己の若い肉体を使って、ジョンとの結婚を認めないスティーブを陥落しようと目論んだのじゃろう。その逢い引きの場所に選んだのが、あの塔の上の部屋というわけじゃ。あそこなら、何をしようと誰の目にも触れない。本館にいる使用人の目を避けるためにも、一番好都合な場所なのじゃよ」

「そっかあ！」

「しかし、スティーブはそれを拒んだ。そして、エリザベスを罵倒した。即刻、この城から出て行けと命じたのだ。その決意はかたかった。ジョンと結婚できなければ、ノーマン家の財産を我が物にしようという彼女の野望は途絶えてしまう。壊滅的な危機感を覚えたエリザベスは、彼を殺すしかないと決心した。そして、そんなこともあろうかと、隠し持っていたナイフを取り出したんじゃ。彼女は無我夢中で彼に突進すると、ナイフを彼の胸に突き刺したのじゃよ」

「それで？」

「ナイフが突き刺さった瞬間、スティーブは後退り、窓の縁にぶつかって体のバランスを崩した。彼は、本能的にエリザベスに抱きついた。一瞬のことで、エリザベスはその手を振り払うことはできなかった。彼と彼女の体は、そのまま窓の外へ放り出されてしまったんだ。はるか下の地面に向かって、真っ逆さまに落ちていったわけなのじゃよ」

「だったら、エリザベスも死んじゃうんじゃない？」

シオンは彼女の方を見て、柔らかな前髪をかき上げた。

「いいや、スティーブの体が先に地面に激突した。その体がクッションとなって、上にのっかるような形だったから、エリザベスは無事だったのじゃ。窓から地面までの距離は十五メートルほどなので、こうしたことは充分にあり得る。

思い出してほしいのは、この事件の直後、エリザベスがサイド・テーブルに足をぶつけて、びっこを引いていたことだ。あれは、落下の衝撃で怪我をした足を誤魔化す口実にやったことだ。スティーブの死体の胸部や下腹部には、鈍器で殴られたような跡が存在した。それは、落下の際にエリザベスの肘や膝が当たってできたものだったのじゃ」

「つまり、犯人には、扉を外からしめる方法など必要なかったということですね」

と、私は感心して口に出していた。

「そのとおりじゃ。密室も偶然にできたものだから、構成上の動機なども存在しない——とにかく、こうして十年前のあの不思議な犯罪が成立してしまった。犯人不明のまま事件は迷宮入りとなり、悪人のジョンとエリザベスは大喜びした。偶然の出来事とはいえ、万々歳の結果じゃった」

「そっかあ！　彼女が足をテーブルにぶつけて怪我をしたという話は、やっぱり重要な手がかりだったんだ！　作者にやられた！」

シオンが頭をかかえ、残念そうに叫んだ。

私たちは、城主夫婦の顔を見た。犯罪者二人はきつく抱き合ったまま、青い顔でブルブル震えている。

「ジョンとエリザベスは結託して、父親が幽霊に殺されたという話をでっち上げたんですね」

真梨央が二人を睨み、冷めた声で言った。

「そうじゃ」と、増加博士は言い、この城の執事の方を向くと、「たぶん、グリーン執事は、二人が共謀してスティーブを殺害したことを知ったのだろう。脅迫したか、ジョンの方から話を持ち出したか解らないが、分け前をもらって、彼らの仲間に加わることを決めたのだよ」

白髭の老人は口をパクパクあけ、何か言い返そうとしたが、結局、私たちの視線に耐えきれず、何も言えなかった。

シオンが眉間に小さなしわを寄せて、

「じゃあさあ、増加博士。今回の密室殺人も、窓の鎧戸もあいていたし、死体も地面に落下していたから、同じトリックを用いて行なわれたのかな。榊原助教授を撃ち殺した後、彼の死体に抱きつく形で、犯人も窓から飛び降りたとか」

増加博士は、口髭の間から下唇を突き出し、

「偶然は二度続かないものじゃ」と、否定した。「それに、あの窓辺には、死体を引きずったり、外へ投げ出したような形跡はなかった。このほっそりした体軀のエリザベスにはそれだけの力はなかろう。また、銃声から君らが扉を蹴破る時間を考えたら、そんなことを実行する余裕もない」

「そう言えばそうだね。華奢なルミちゃんがエリザベスを演じているんだから無理か」

「では、どういう方法が用いられたんですか」と、私はたまらなくなって尋ねた。

「僕らが聞いた銃声は本物だったのですか。それとも、空砲などの偽の音ですか。あ

の時、室内には犯人がいたのでしょうか」

「あの瞬間、榊原助教授が撃ち殺されたことは間違いない」と、増加博士は確信に満ちた声で返事をした。「しかし、エリザベスは室内にいなかった。室内にいたのは被害者のみだ。彼一人だった。したがって、密室からの犯人の脱出などは、そもそも考える必要もないのだよ」

「えっ!?」

「君らは、あの銃声を聞いた時、何か奇異に感じなかったかね」

「そう言えば、少し不自然な気がしました……」

「そうだったかな?」

シオンは、私の顔を見て訊き返した。

増加博士は、杖の上に両手を置き、その上に大きな顎を置いて、

「君らとジョンが塔の階段を昇り、あの部屋のすぐ側まで来ると、それを待っていたかのように銃声が起きた――実はその時、エリザベスは屋上にいたのじゃよ」

「ええっ!?」

私はふたたび驚いてしまった。

「階段を昇りながら、ジョンは大きな声で話をしていなかったかね」

「え、ええ……していました」

「それは、犯行を決行しろという、屋上にいる彼女への合図でもあった。君らの声が屋上まで聞こえるよう、階段の天辺の扉はあいていたはずだ」

「しかし、彼女は、屋上で何をしていたんです？」

「彼女は西側の縁まで行き、手すりから体を乗り出して、下の部屋の窓を見ていた。そして、榊原助教授に向かって何かを呼びかけていたのさ。そして、彼が窓から顔を出して上を見た瞬間、彼女は拳銃をぶっ放したわけじゃ」

すると、真梨央が大きく喘ぎ、

「じゃあ、彼女は、屋上から下向きに銃を撃ったと言うのですね！」

「そういうことじゃ。その銃弾は、みごとに、半身をねじって上を向いていた榊原助教授の額を撃ち抜いた。瞬時に命を落とした彼の体は、銃弾を受けた反動もあって、窓の外へ投げ出されたのじゃよ。その結果、彼の体は一直線に地面に墜落していったのだ。

加々美君らが聞いた銃声には、わずかながら奇妙な印象があった。それはその音が、屋上へ繋がる階段の上の方からと、窓を通して部屋の中から、二重に響いてきたからなんじゃよ——」

その指摘に、私は感銘を受けるほど納得した。塔の屋上の手すりから下の部屋の窓の縁までの距離と、部屋の入り口の外から、鎧戸のあけ放たれた窓までの距離はほぼ同じくらいだった。そのため、実際に銃弾の飛んだ場所や方向を見破ることができなかったのである。

増加博士は悠然たる態度で、一同を見回し、

「屋上は先に降った雨でびしょぬれだった。そのおかげで、彼女の足跡などは何も残らなかった。加々美君とシオン君とジョンが、塔上の部屋の中に入っている間に、彼女はこっそり階段を下りてきた。そして、さも、下から駆け上がってきたかのような振りをして、君らの前に姿を現わしたのだよ」

私たちは、驚くべき真相を突きつけられて啞然となった。犯人の一連の行動が頭の中に染み込むまで、少しの時間が必要だった。

「——増加博士」と、真梨央がようやくのことで言った。「凶器の拳銃はどうなるんですか。彼女が持ったままだったんですか」

「ああ、スカートの下かどこかに隠し持っていたのだろう。彼女は一足先に本館へ戻り、それをグリーン執事に渡したのさ。グリーンは、それを書斎のどこかに隠しておいたのだ。

本館に戻ってから、わしは、ジョンに宝箱を見せてほしいと頼んだ。うっかりしたが、わしはその時、ジョンに言われて宝箱の鍵を渡してしまった。宝箱を取りに行った彼は、書斎で蓋をあけ、グリーンが置いておいた凶器の銃を中に入れたのだ。それから、宝箱をわしらの所へ持ってきたというわけだよ。

あれはわしの大失敗じゃった。宝箱を皆の前に持ってこさせてから、自分の手で鍵を使い、蓋をあければ良かったのだ」

「そうだったんですか……」そう言った真梨央は、素早く思考を巡らし、「しかし、もしも、博士が彼に鍵を渡さなかったら、どうなったんですか」

と、尋ねた。

「その場合は、中が空の宝箱をわしらに見せるだけさ。後で、凶器の拳銃が書斎から探し出されるわけだ。宝箱を使った不思議が一つ減るだけで、彼らにとってはそれほどダメージはなかろう」

「すごい！」と、シオンが叫んだ。「すごいよ、増加博士！　あの不思議な密室殺人をいとも簡単に解いちゃったじゃないか！　やっぱり、不可能犯罪の巨匠と言われるだけのことはある！」

「ありがとう、お若いの」増加博士は礼儀正しく会釈した。「しかし、さっきも言ったが、ジョンに吹き込まれた大昔の伝説を頭から払拭し、十年前の事件と、今回の事件を、それぞれ単独の事件として処理すれば、君らも即座に密室の謎などは解けたことじゃろう」

「それにしても、驚いたのはぜんぜんメタ・トリックじゃなかったってことだよ。ちゃんとした、真面目な密室トリックだったんだもん！」

シオンはもっと目を輝かせた。

「さあ、それはどうかな」と、真梨央が顎を撫でながら、懐疑的な口調で言った。

「それ自体が、作者の目論んだメタ・トリックだった可能性もあるぞ」

「どういうこと？」

「俺たちの出てくるこれまでのシリーズ短編を読めば、当然、読者もシオン同様、また今回も変なメタ・トリックが使われているだろうと期待するはずだ。しかし、そう思わせておいて、まともなトリックを仕掛けて、読者を騙したんじゃないかな」

「へえ。けっこう深淵な心理戦を繰り広げているんだね、作者と読者って」

シオンがすっかり感心して言った。

「ところで、増加博士。一応確認のためにうかがいたいのですが、ジョンとエリザベスの犯行動機はいったい何なんですか」

と、洋芥子警部が横から口を出した。生真面目な社会の従僕たるこの警察官にしてみれば、この話がメタ・ミステリーかどうかといったことより、実際の事件としての整合性の方がずっと大事なのだった。

「もちろん、それは、エジプトのピラミッドに関する秘密をわがものにするためじゃよ。ジョンは、自分の弟子である榊原助教授が大発見をしたのが気にくわなかった。だから、彼を殺してその秘密を奪い取り、いずれ、自分の発見として世の中に発表しようと企んでいたんじゃろう——そうじゃないかね、ジョン、エリザベス？」

増加博士は口髭を撫でながら、犯罪者夫婦に尋ねた。

彼らは蒼白な顔に脂汗を浮かべ、震えながら、怯えた目で私たちの視線に耐えかねているばかりだった。

洋芥子警部は椅子から立ち上がり、怖い顔をして彼らに近寄った。

「ジョン・ノーマン、エリザベス・ノーマン、マーク・グリーン——何か、増加博士の推理に対して抗弁することがあるかね」

しかし、彼らからは返事がなかった。悪巧みが鮮やかに暴かれ、がっくりと力を落とした三人は、ヘナヘナと床にしゃがみ込んでしまったのである。

「ならば、警察署の方で詳しく話を訊かせてもらおうか」

洋芥子警部は嬉しそうに言い、犯罪者三人を引っ捕らえるため、部屋の外で待機していた部下達に合図をした。

8

彼らの足音が消えると、部屋の中は急に静かになった。それと反比例して、皆の胸の中には安堵の気持ちが湧き上がった。

真梨央はニヤリと笑うと、

「どうでしょうか。犯人も捕まったことだし、あらためて乾杯をしようじゃありませんか」

と、提案した。

「賛成！」

シオンが嬉しそうな顔で言う。

新しい飲み物が皆に配られ、洋芥子警部も戻ってきて、皆で増加博士の名推理による勝利を祝福した後、和やかな雰囲気の中で、シオンが質問した。

「ねえ、ねえ。ところでさ、ジョンが榊原助教授から奪おうとしたピラミッドの秘密って何なの。この話が始まってから、何度もそのことが話題になったけど、内容はぜんぜん解らないよ」

「――それも教えていただけますか、増加博士？」

洋芥子警部が訊くと、増加博士は小首を傾げるようにして、

「正直言って、その点は、わしにはまだつかめていない――どうかな、目減卿。君なら、その秘密が何なのか察しているのではないかね」

それまで、葉巻をふかして、ウイスキーをチビリチビリと飲んでいた目減卿は、大きな尻を動かし、肘掛け椅子の上で軽く居住まいを正した。

「さよう。乃公には解っている。死んだ男がどんな大発見をしたのかをな」

「では、今度は、君の名推理を聞かせてもらう番じゃ」

そう言って、増加博士は肘掛け椅子の背に深く凭れ、ビール・ジョッキに手を伸ばした。

「早く教えてよ！」

シオンが目をキラキラさせ、せっついた。

「重要なのは、動機だ」と、目減卿はもったいぶった口調で言った。「それが謎を解く糸口だ」

「しかし、目減卿。ジョンやエリザベスの犯行に関してなら、すでに増加博士が説明しましたよ」

「そうではない。乃公が言うのは作者の側の動機だ。何故、この事件では、犯人がこんなに多いのか。言うなれば、この城に住む重要な人間が全員犯人だったと言っても良い。そんなのは、まともなフーダニットとしてはインチキ臭いのではないかな」

「そうでもありませんよ。過去の名作にも――」

「やめておけ!」目減卿がいかつい顔で怒鳴った。「下手に題名でも挙げてネタバレをしてみろ。口うるさいミステリー・ファンの連中が、鬼の首を取ったような気になって、作者を非難するわい」

「そうですね」

「いいか、大事な点は、犯人が《全員》だったということだ。つまり《みんな》だ、《すべて》だ、《全部》だ」

「よく解りません」と、洋芥子警部はほとほと疲れたような表情で言った。「だから、何なんですか」

「だから、その《全部》という点が、エジプトのピラミッド建造の謎を解く鍵になっているのだよ――いいや、重要な暗合と言った方がいいかな」

「と言いますと？」

目減卿はウイスキーで口を潤し、

「最初に、この件について、榊原助教授が何を述べていたか思い出してみたまえ。どんな問題を、乃公たちに投げかけたのか」

返事をしたのは、腕組みした真梨央だった

「榊原助教授は、古代エジプト人がどうやってピラミッドを造ったか、そして、あれほどたくさんの巨石を調達したか、その建造の秘密を解いた――そう言っていましたよ」

「そのとおりだ」目減卿は大声で頷いた。「彼は特に、あの有名なギザのピラミッド群について重大発見をしたと明言していた」

「そうでしたね」

「皆も知っているとおり、ギザのピラミッド群は、スフィンクスも含めて、すべて砂の大地の上に建っている。周囲にあるのは、砂また砂という有様で、とても、人が住むには適した場所とは言えない。確かに、日本の墓地というのも町中ではなく、やや人里離れた場所にはある。しかし、あれほど荒涼とした風景の中に、あれほど巨大な石による建造物を造った理由がよく解らない」

「宗教的な意味合いなのか、単に奴隷たちを虐待するためだったのか、あるいは、実際に聖地であったのか――過去の研究者のどの意見も、もう一つ説得力を欠いています」

と、真梨央はコーヒーを飲み、指摘した。

「乃公は、そのいずれも正解だと思っている。少しずつの理由が複合して、あんな場所に巨大ピラミッドを建造したのだ。けれども、それだけでは、あれらを作るための石材をどうやって調達したか説明はできないな」

「ええ、そうですね」

「だってさ、ナイル川の上流で切り出した大きな石を、船で運んできたんじゃないの？」

と、シオンが尋ねた。

「乃公が工事責任者なら、そんな非効率的な真似はしないぞ」と、目減卿が鼻先で笑った。「それは絶対に不正解だ。巨大な石を、船に積む手間や危険を考えてもみろ――だいいち、他の年代の王家の墓は、谷間や峡谷などに造られているものも多いしな」

「じゃあ、どうしてなの？」

「さあ、おぬしたちも、少しは自分の頭で考えてみろ。榊原助教授が発見した事実を見抜くためのヒントは、すでに目の前に積み上がっているのだから」

「解らないや」

と、シオンはさっさと降参した。

私も一所懸命に考えてみたが無駄だった。過去二千年だか三千年だかにわたって、多くの人が解き明かそうとしてきた難しい謎が、そう簡単に解き明かせるわけがない。

「だめです、目減卿」洋芥子警部が代表して言った。「やはり、英知の塊であるあなたから、真実をお話しいただかなければ――」

「オホン」と、偉大な探偵は咳払いした。「まったく無能に付ける薬がないとはよく言ったものだ。仕方がない。乃公がこの巨大な秘密の真相を暴露しよう。古代エジプト人たちが隠しに隠してきた謎だ――と言っても、奴らには隠す意図などまったくなかったのだがな。そのまま放っておいたら、いつしか誰も事情を知る者がいなくなり、勝手に謎になってしまったのだから」

私は恐る恐る、

「昔、あのあたりが海の底だったというのはどうでしょうか。船に載せた石材を、船底をあけて、水中に放出するのです。それが沈んで、ピラミッド型に積み上がったとか」

目減卿は顔を真っ赤にして睨み、

「おぬしの名論卓説はめちゃめちゃだな」と、言下に否定した。「他に、何か言いたい者はいないか」

「いませんよ」と、洋芥子警部があわてて答えた。「目減卿の御推察に頼るしかありません」

「よし！」と、偉大な探偵は手を叩いた。「ならば、真実の答をおぬしらに教えよう。何故、エジプト人たちは、あの場所にギザのピラミッド群を建てたのか――」

「――何故ですか」

「何故ならば、そこには石材がゴロゴロしていたからだ」

目減卿はきっぱりと言い放った。

「はあ？」

「今でこそあそこは砂漠だが、はるか大昔には、あたりは一面、石灰岩や花崗岩の堅牢な岩盤が続いていたのさ。その上には土が被さり、さらに草木も生い茂っていた。ところが、エジプト人たちは、邪魔な植物を伐採し、地面を掘り返し、岩盤から少し

だよ。ずつ巨石材を切り出した。そして、あれらの巨大なピラミッドを積み上げていったん
　そうすると、最終的にはどうなる。ピラミッドやスフィンクスを残して、周囲からは緑が消え、岩という岩がなくなり、土は砂と化して、荒廃した土地だけが残されることになるのだよ」

「じゃあ、あの砂漠は！」

　私は思わず、驚きに叫んでいた。

　目減卿は満足げに頷き、

「そうじゃよ。土が変化したものと、単なる石の切り屑の集まりさ。それがただ広がっているんだよ。あとは、石屑が雨風によって風化したものだな」

「何てことだ――」

　真梨央も目を丸くして、驚愕している。それほど、目減卿の語った推理は強い衝撃力を持っていた。

「考えてもみろ。現代でも巨大な建造物を造るのに、軟弱な地盤の場所を選ぶかね。砂浜や田圃の上にビルなどを建てるはずがない。建てるにしても、しっかりと土台を確保するだろう。それと同じで、ピラミッド工事の責任者は、建造場所を選ぶ場合

に、地面の硬い所を探したはずなんじゃ。それでないと、せっかく築き上げたピラミッドが自重によって潰れたり、傾いたりするからな。その上、同じ場所で石材まで手に入るとなれば、彼らにとって一石二鳥なのだよ」

「うーん、驚いたあ。びっくりだ！」と、シオンが大げさに叫ぶ。「でも、言われてみれば、確かに当たり前のことだよね！」

「ええ、僕もそれが正解だと思います！」

私は思わず叫んでいた。

目減卿はニヤリとし、

「真相があまりに目の前にあったので、近視眼的になって、かえって誰も気づかなかったのだ。少しも隠されていなかったので、何者もあえてそこを探そうとしなかったのだ。これは、エドガー・アラン・ポー以来の、探偵小説上のトリックの常套的手法だ。まあ、こんな簡単な答に気づかない専門家とか研究者といった連中も、アホと言えばアホだがな」

「何ともはや、確かに、これは、大発見ですな」

と、驚きを噛みしめながら、洋芥子警部が言った。

「うむ。この真相に独力でたどり着いた榊原助教授という男も、なかなか優れた研究者だったかもしれん。性格が悪かったにしろ、学術的にはおしい人材を亡くしたものだ」

「金や宝物にしか目がないジョン・ノーマンのような俗物に比べれば、そうだったかもしれませんね」

と、真梨央がため息混じりに言う。

目滅卿はまたウイスキーを呷り、

「だが、まあ、奴ら三人全員の犯行が、結果的には、この重大発見の真相を乃公たちに教えてくれたのだ。その意味では、悪人も少しは世の役に立ったということさ」

「どういうこと？」

シオンが眉根を寄せて尋ねた。

「さっきも言ったが、この事件に通底するキーワードは《全部》とか《すべて》ということだ。ピラミッドを造るために、エジプト人たちはあの地にある《すべて》の岩や石を使いきってしまったのだよ。そのために、砂しか残らなかったのだ。ナイルの川沿いで、本来なら肥沃な土地のはずなのに、砂漠になってしまったのはそのような理由——大規模な自然破壊があったからだ」

目滅卿は軽く目を瞑り、自分の推理の勝利を噛みしめた。

その表情には、どこか仏像にある達観が見えた。

「目減卿ってすごいんだね」

シオンがつくづく言うと、

「アッハッハ。今頃になって解ったかね。乃公の偉大さが」

と、目減卿は腹を叩いて豪快に笑った。

「――さて、増加博士。目減卿のエジプト学に関する推理に関して、何か御感想はありますか」

と、洋芥子警部はもう一人の巨匠に尋ねた。

増加博士は静かな声で返事をした。

「感服したよ。感動ものの推理じゃった。目減卿の洞察力はたいしたものじゃな。人類が何千年も不思議に思ってきたことを、論理的に解いてしまった。わしはこれで満足じゃ」

「いやいや、あなたの明察力には負けますぞ。先にあの密室殺人事件に対する考察があったからこそ、乃公もピラミッド建造の秘密に気づいたのだから」

と、珍しく目減卿が謙遜した。

「二人とも、たいしたものです」と、丸顔の警察官は賞賛した。「この複雑怪奇な事件を、あっさりと解き明かし、解決してしまわれたのですからな。我々警察は大助かりと言うものです。読者だって、充分に納得してくれたでしょう」

「ねえ、じゃあさあ」と、シオンが、二人の巨匠を見て言った。「最初の賭けはどうなるの。この事件を解決した方が勝ちだって言っていたけど、どっちの勝ちなの？」

「どっちですか」

私も、彼らの顔を交互に見て質問した。

「ふふふ、俺もそれは知りたいな。せっかくこの小説で、二大探偵の激突という趣向が見られたわけだから」

と、真梨央が笑いながら言った。

目減卿が葉巻を取り出し、ニヤリと笑って答えた。

「まあ、引き分けというところさ、お若いの」

それを聞いて、増加博士も小さく頷いた。その髭に覆われた口元には、物事を心から楽しむ者の愉快そうな微笑みが浮かんでいた。

「うむ。引き分けじゃな」

閉幕の道化芝居

「終わったね、二階堂さん」

「うん。終わった」

「こうしてメタなミステリーばかり並べてみたことに、何か意味とか意義ってあったのかな」

「少しはあると思って、こんな連作集を作ってみたんだが、まあ、その評価は読者や評論家が下すことだよ」

「ずいぶん他人任せだなあ」

「本格推理小説は、ポーによって生まれた時から自己言及性の強い小説形式だった。物語の中で犯人が使うトリックを分析したり分類したりすれば、実際の犯罪のみならず、推理小説中のトリックについて語らねばならなくなることがあるからね。そういう点では、メタ性に対する立場表明を明確にした方が良い場合もあるんだ」

「たとえば？」

「たとえば、カーは、『三つの棺』で、フェル博士に、自分たちは小説の登場人物だと告白させている。歴代の作品から抽出したトリックを分類・分析して密室講義を行なうので、何かと口実を設けるのが辛かったからだろう」

「正直者だね」

「江戸川乱歩の『陰獣』や芦辺拓さんの『殺人喜劇の13人』、綾辻行人さんの『どんどん橋、落ちた』だって、メタだから成立するトリックであり、話なんだよ」

「解ったような、解らないような……」

「エラリー・クイーンの後期の作品なんかは、クイーンという名探偵の存在を前提として、犯人が事件を起こす。これなんかも、メタの範疇なんだね」

「ますます、解ったような、解らないような……」

「そうさ。解ったような、解らないようなものが、メタ・ミステリーなんだよ」

「ああ、そうか。やっと解った！」

「それでね、シオン君。他人任せついでに、最後の終了のおしまいの言葉も、この小説の登場人物に頼んでしまおうかと思うんだ」

「どういうこと」

「最初に説明した『奇跡島の不思議』の別バージョンの結末部分を引用して終わろうと考えている」

「手抜きだね」

「………」

「いいさ。やってみれば。ボクは反対しないよ」

「──というわけで、読者の皆さん。後書きの代わりに、以下の文章を入れておきます。どうぞお読み下さい。そして、次の作品が刊行されるまで、しばしさようなら」

「バイバイ！　読者のみんな！」

＊＊＊

増加博士は居住まいを正すと、最後にクスリと小さく笑った。

「さて、どうやら、わしの仕事は終わったようじゃな。もうこれ以上、ここにいても、文章の無駄遣いになるばかりじゃ。去ることにするよ。おぬしたちも元気でな──」

そして増加博士は、来た時と同様、工事現場のような地響きと共に舞台を退場していった。

その後、私たちは虚脱感に襲われてしまい、長い間黙っていた。私はもう、何も感じられなかった。

しばらくして、この会場の正面が少しずつ消され始めた。最初は観客席だった。それが全部消えると、今度はこの舞台の上となる。そして、本当のカーテン・コールとなるのだ。

「——ねえ、加々美さん」

と、シオンが私に話しかけた。

私は帰り支度を始め——といっても、何も持つ物などなかったが、

「何だい？」

「あのね、《増加博士》って、どういう名前なの。とってつけたような変な名前だけど、何か意味があるわけ」

「ああ」と、私は投げやりに答えた。「たぶんそれは、こういうことだよ。《増加》ってことは《ふえる》ってことだろう。だから、《ふえる博士》さ。《フェル博士》だよ」

シオンは言葉を失った後、私の顔を穴のあくほど見つめ、

「それってさ、ジョン・ディクスン・カーのギディオン・フェル博士のこと?」

「そうさ。だって、風貌がそのままだったじゃないか」

「《目滅卿》は?」

「ヘンリー・メリヴェール卿のメリヴェールからの語呂合わせ。《増加》の反対で《目滅》だよ。何にしても、大好きなカーの贋作がやりたかったんだろうな」

「つまり、また作者の病気が出たってことだね!」

シオンの言葉を残し、私たちミューズのメンバーは、この小説の舞台を去ることにする。私たちは舞台の袖に向かって歩きだした。友美が、真梨央に尋ねている。

「真梨央さん。増加博士は、物語の作者こそが犯人だと言いましたけれど、本当でしょうか。だって、増加博士は作者が一番利益を得るから犯人だと指摘されましたけど、そう考えれば、その本を買って読み、何時間か楽しんだ読者だって最大の利益享受者ですわ。私、思うんですけれど、私たち登場人物が、殺人鬼によって殺されるのを一番望んでいた人って、やっぱり読者なのではないでしょうか——そう、本当の本当の、本当の真犯人は、これを今読んでいる読者、あなたなんですよ!」

しかし、それもうどうでもいいことだ。しょせん、話はここで終わる。私はもう

何も考えたくない。他の小説の主人公たちが、これからは頭を悩ませればいいことだ。

私は、ただ最後に、読者の皆さんには、ここまでお付き合いしてくれたことに、作者に成り代わって最大の感謝を捧げておこう。そしてもう一つだけ、この長い物語から見出される教訓めいたものについて述べておこう。

小説家は、自分の小説を書いている最中にだけ、ありとあらゆる世界の《神》になれる――。

［初出一覧］

『「Ｙ」の悲劇――「Ｙ」がふえる』　『「Ｙ」の悲劇』講談社文庫（2000.07.15）
『最高にして最良の密室』　「ミステリマガジン」早川書房（2001.04）
『雷鳴の轟く塔の秘密』　書き下ろし（2002.09）

［参考文献］

『大英博物館　古代エジプト百科事典』原書房

［その他］

この本は、パソコン環境における日本語入力に最適な親指シフト・キーボードを用いて執筆しました。

『親指シフト・キーボードを普及させる会』

http://www.oyayubi-user.gr.jp/

好事家のためのメタ解説

鳥飼否宇（ミステリー作家）

＊作品の真相を示唆している箇所がありますので、本文読了後にお読みください。

文庫本の解説を依頼された私はすぐにとある人物のもとへ相談に行った。増加博士と目減卿という偉大なるふたりの探偵と昵懇《じっこん》の仲であるその人物の名はアンリ。かつてはパリ警察の大立者とまで噂されたが、政界の騒動に嫌気が差して職を辞してからは、名探偵の仕事を紹介する記者に転身した変わり者である。

トレードマークである真ん中からふたつに分けて左右に巻きあげた頭髪と先の尖ったあごひげには白いものがまじりつつあったが、険しい眼差しと人を拒むような鷲鼻は健在だった。私がおそるおそる取材を申し出ると、アンリはメフィストフェレスめいた風貌を崩してにっと微笑み、快く引き受けてくれた。

「まずあなた自身のことをおうかがいします。かつてはフランス一の頭脳とうたわれたあなたが、どうして記者などになろうと思われたのですか」

「自分よりも素晴らしい才能にめぐりあったからだよ。ほかでもない増加博士と目減卿だ。彼らの圧倒的な推理力の前では私のそれなど児戯《じぎ》に等しいと思えてきた」

「また、ずい分とご謙遜を。あなたの過去のご活躍もすごかったじゃないですか」

あからさまに持ちあげると、「そうかな」などと照れている。泣く子も黙ると噂された彼だが、いまやあきらかに焼きが回っていた。

「ともかくふたりにすっかりほれこんでしまった私は一線を退き、彼らの業績を世間に知らしめる仕事についたわけだよ」

「ではさっそく本題に入らせていただきます。増加博士が解決した数々の事件のなかで、アンリさんが特におすすめなのはどれですか」

「そうだな、馬頭観音の目刺し事件はなかなか愉快だった。しかし、意外な凶器という点では孤島の核シェルターを舞台にしたあの事件にまさるものはないだろう」

この本にも収録されている『「Y」の悲劇――「Y」がふえる』事件である。私は本をめくって該当箇所を開いた。

「たしかに想定外の凶器ですね。増加博士はブラウン神父の短編を引き合いに出して

『これほど巨大な凶器が使われたことはない』と述べていますが、考えようによってはこれほど微小な凶器もないような……」

「おいおい解説者くん、気をつけたまえ」アンリが悪魔じみた顔になって注意した。「あんまりネタをばらすと読者の興味をそいでしまうぞ。この事件はまさにブラウン神父顔負けの逆説に満ちた真相が味わい深い。それに意外すぎる犯人も特筆すべきだろう」

「でもこの犯人って、反則ぎりぎりじゃないですか。メタ・ミステリーならではの趣向というか」

「そうではないよ。ちゃんと事件の最初のほうで登場する人物だから、本格ミステリーのルールにのっとっている。勘のよい読者なら途中で犯人を指摘できるはずだ。事件の真相だって、注意深くウミネコなどの伏線をたどれば見破ることができる」

「え、ウミネコなんて出てきましたっけ」

私はパラパラとページをめくってみたが、そんな記述は見当たらない。

「陸中海岸で五月末に見られる海鳥なら、ウミネコに決まっているだろう。初歩の推理さ」

アンリはそう言うと、得意げに葉巻をふかした。この程度でことさら自慢するなんて、間違いなく焼きが回っている。私はあきれつつ、本の二番目に収録されている事件に話題を変えた。

「『最高にして最良の密室』の不可能興味は強烈ですね」

「引き潮のマゾ事件だな。足跡のない殺人だけでも垂涎ものなのに、目張り密室まで加わっているのだから豪華だ。謎の解決も論理的だし、増加博士の面目躍如と評価してもよいだろう」

「実は疑問があるんですけど」私は思い切って質問した。「この事件では砂浜の真ん中に自動車が取り残されているわけですが、普通、砂浜に乗り入れたらタイヤがとられてしまって進めなくなるんじゃないでしょうか」

「なんだ、そんなことか。車高をあげてホイール半径を大きくし、バギータイヤをはかせていたに決まっているじゃないか」

「そんなバカな。だって、アウディかＢＭＷあたりのドイツ車だって書いてありますよ」

私はそう書かれたページを開き、アンリの鉤のように曲がった鼻先に突きつけた。

「ドイツ車を改造したって、別に構わないじゃないか。さらに言えば、車高が高かったからこそ成り立ちやすいトリックだろう」

「そう言われればそうですね」

意外なところに手がかりが隠されていた。なるほど、バギー仕様のドイツ車が犯行に使われていたのか。

「この事件では前代未聞の犯行動機が語られている。こんな動機をよく書けたものだと感心するよ」

「そうですかあ。いくらなんでも無理筋だと思いますけど。ほら見てください。登場人物のひとりが『きっと読者が怒るよ!』って言っていますよ。著者もふざけすぎだって気づいていたのかも」

「いやいや、とんでもない。この動機はすべてのミステリー作家が無自覚なまま胸に抱いているとても根源的な衝動なのだ。それを顕在化させただけでも価値がある」

アンリがしきりに納得している。なるほど、私にも心当たりがある。

「『雷鳴の轟く塔の秘密』ではついに目減卿が登場しますね」

「目減卿といえば、夕鶴城事件での活躍が脳裏によみがえるが、雷鳴城事件では安楽椅子探偵に挑戦したのだったな。ピラミッド建造にまつわる謎を見事に解明したのだからすごい」

「たしかにそれは認めます。目から鱗《うろこ》の真実でした。この事件では増加博士もまっとうな推理を働かせていますね」

「失礼な。それ以外の推理がまるでまともではないみたいじゃないか。核シェルターの事件にしても、引き潮のマゾ事件にしても、密室のトリックはさすがにこの著者だと思わせるできばえだぞ。メタ・ミステリー自体をパロディ化しながらも、一級の本格ミステリーに仕上がっているのがわからないのか」

「すみません」

素直に謝る。考えてみれば、ファース色の強いメタ・ミステリーの衣をかぶってはいるものの、骨格はきちんとした本格ミステリーばかりだ。

「雷鳴城事件での増加博士の推理は実に鮮やかだ。スティーブ殺しの真相にしろ、榊原殺しの真相にしろ、誰かさんのような似非《えせ》ミステリー作家には予想もつかないだろう」

私はアンリに皮肉られているのに気づいて、話をそらした。

「ひとつだけ文句を言わせてください。せっかくの増加博士と目減卿の夢の競演だったのに、直接対決が見られないのが少し残念でした。本当のところ、どちらの推理力のほうが上なのですか」

「うーん、甲乙つけがたいな。しかしこのふたりを凌駕するような名探偵ならば、ひとり知っている」

まずい話題を振ってしまった。私は心のうちで舌打ちしながらも、調子を合わせる。

「そんなすごい探偵がいるのですか」

「二階堂蘭子だよ。私はこの巻き毛の美人探偵の才能にすっかりまいってしまって、このところずっと張りついているのさ」

「いまや蘭子ひと筋ってわけですね」

「ああ、そのとおりだ。きみは人狼城の事件を知らないのか。あの事件ときたら……」

本気で蘭子にぞっこんのようで、本来のこわもてがでれっとゆるんでいる。絶対絶対焼きが回っている。

「ではアンリさん、最後に現在の抱負を聞かせてください」

とうとうとまくしたてる男に対して強引に取材を終わらせようと試みた。私も蘭子を高く評価していたが、その話に触れるといくら紙幅があっても足りないし、そもそもこの解説の主旨ではないからである。

「一刻も早く『巨大幽霊マンモス事件』を取材することだな。蘭子はこの事件については口が重く、なかなか話してくれないんだ。蘭子の義兄である二階堂黎人をせっついているんだが、まだしばらく時間がかかりそうだよ」

　遠い目で宙を見つめるうつけた姿はアンリ蘭子番と揶揄されるにふさわしいものであった。少なくとも、かつて『夜歩く』『髑髏《どくろ》城』『四つの兇器』などの難事件を解決に導いた名探偵の面影はどこにも感じられなかった。

この作品は二〇〇二年十一月に原書房より刊行されました。

|著者|二階堂黎人　1959年7月19日東京都に生まれる。中央大学理工学部卒業。在学中は「手塚治虫ファンクラブ」会長を務める。'90年に第1回鮎川哲也賞で『吸血の家』（現在、講談社文庫）が佳作入選、'92年『地獄の奇術師』を書き下ろし単行本として上梓し、推理界の注目を大いに集める。著書に『聖アウスラ修道院の惨劇』、短編集『ユリ迷宮』、氏の敬愛するJ・D・カーについての対談や随筆をも収録した作品集『名探偵の肖像』（以上すべて講談社文庫）のほか、『聖域の殺戮』『魔術王事件』（ともに講談社ノベルス）など多数。

増《ぞう》加《か》博士《はかせ》と目《め》減《べり》卿《きょう》

二《に》階堂《かいどう》黎《れい》人《と》

2006年3月15日第1刷発行

発行者――野間佐和子
発行所――株式会社　講談社
東京都文京区音羽2-12-21　〒112-8001
電話　出版部（03）5395-3510
　　　販売部（03）5395-5817
　　　業務部（03）5395-3615
Printed in Japan

講談社文庫
定価はカバーに表示してあります

デザイン―菊地信義
本文データ制作―講談社プリプレス制作部
印刷―――豊国印刷株式会社
製本―――株式会社国宝社

落丁本・乱丁本は購入書店名を明記のうえ、小社業務部あてにお送りください。送料は小社負担にてお取替えします。なお、この本の内容についてのお問い合わせは文庫出版部あてにお願いいたします。

ISBN4-06-275348-0

講談社文庫刊行の辞

二十一世紀の到来を目睫に望みながら、われわれはいま、人類史上かつて例を見ない巨大な転換期をむかえようとしている。

世界も、日本も、激動の予兆に対する期待とおののきを内に蔵して、未知の時代に歩み入ろうとしている。このときにあたり、創業の人野間清治の「ナショナル・エデュケイター」への志を現代に甦らせようと意図して、われわれはここに古今の文芸作品はいうまでもなく、ひろく人文・社会・自然の諸科学から東西の名著を網羅する、新しい綜合文庫の発刊を決意した。

激動の転換期はまた断絶の時代である。われわれは戦後二十五年間の出版文化のありかたへの深い反省をこめて、この断絶の時代にあえて人間的な持続を求めようとする。いたずらに浮薄な商業主義のあだ花を追い求めることなく、長期にわたって良書に生命をあたえようとつとめるところにしか、今後の出版文化の真の繁栄はあり得ないと信じるからである。

同時にわれわれはこの綜合文庫の刊行を通じて、人文・社会・自然の諸科学が、結局人間の学にほかならないことを立証しようと願っている。かつて知識とは、「汝自身を知る」ことにつきていた。現代社会の瑣末な情報の氾濫のなかから、力強い知識の源泉を掘り起し、技術文明のただなかに、生きた人間の姿を復活させること。それこそわれわれの切なる希求である。

われわれは権威に盲従せず、俗流に媚びることなく、渾然一体となって日本の「草の根」をかたちづくる若く新しい世代の人々に、心をこめてこの新しい綜合文庫をおくり届けたい。それは知識の泉であるとともに感受性のふるさとであり、もっとも有機的に組織され、社会に開かれた万人のための大学をめざしている。大方の支援と協力を衷心より切望してやまない。

一九七一年七月

野間省一

講談社文芸文庫

島木健作
第一義の道・赤蛙
解説=新保祐司　年譜=高橋春雄
〈義〉に生きようとしつつも、それを果たせぬ焦燥と苦悩を描いた「第一義の道」、心境小説の名作「赤蛙」等、六篇を収録。求道的な精神を貫いた島木の文業を精選。
しＯ１　198435-7

アントーニーヌス・リーベラーリス
メタモルフォーシス　ギリシア変身物語集
訳・解説=安村典子
神は死すべき身の人間の果てしない欲望を憎み時に憐み、鳥や獣や星に変身させる。善悪の判断や装飾を加えず素朴に力強く物語る41篇。ギリシア語原典からの本邦初訳。
アＡ１　198436-5

小山冨士夫
徳利と酒盃・漁陶紀行　小山冨士夫随筆集
解説=森孝一　年譜=森孝一
考古資料に基いた陶磁史を確立した世界的研究家であり作陶家であった小山冨士夫。「陶は人なり」をモットーに酒、陶磁を愛で交友を愉しんだその足跡をたどる随筆集。
こＯ１　198434-9

講談社文庫　目録

日本推理作家協会編　あざやかな結末〈ミステリー傑作選23〉
日本推理作家協会編　頭脳明晰、特技殺人〈ミステリー傑作選24〉
日本推理作家協会編　誰がための殺人〈ミステリー傑作選25〉
日本推理作家協会編　明日からは、殺人者〈ミステリー傑作選26〉
日本推理作家協会編　真犯人は安眠中〈ミステリー傑作選27〉
日本推理作家協会編　完全犯罪はお静かに〈ミステリー傑作選28〉
日本推理作家協会編　あの人の殺意〈ミステリー傑作選29〉
日本推理作家協会編　もうすぐ犯行記念日〈ミステリー傑作選30〉
日本推理作家協会編　死導者がいっぱい〈ミステリー傑作選31〉
日本推理作家協会編　殺人前線北上中〈ミステリー傑作選32〉
日本推理作家協会編　犯行現場にもう一度〈ミステリー傑作選33〉
日本推理作家協会編　殺人博物館へようこそ〈ミステリー傑作選34〉
日本推理作家協会編　どたん場で大逆転〈ミステリー傑作選35〉
日本推理作家協会編　殺ったのは誰だ!?〈ミステリー傑作選36〉
日本推理作家協会編　殺人哀モード〈ミステリー傑作選37〉
日本推理作家協会編　殺人者〈ミステリー傑作選38〉
日本推理作家協会編　完全犯罪証明書〈ミステリー傑作選39〉
日本推理作家協会編　密室+アリバイ=真犯人〈ミステリー傑作選40〉
日本推理作家協会編　殺人買います〈ミステリー傑作選41〉
日本推理作家協会編　罪深き者に罰を〈ミステリー傑作選42〉
日本推理作家協会編　嘘つきは殺人のはじまり〈ミステリー傑作選43〉
日本推理作家協会編　終日犯罪〈ミステリー傑作選44〉
日本推理作家協会編　殺人作法〈ミステリー傑作選45〉
日本推理作家協会編　零時の犯罪予報〈ミステリー傑作選46〉
日本推理作家協会編　トリック・ミュージアム〈ミステリー傑作選〉
日本推理作家協会編　1ダースの殺意〈ミステリー傑作選・特別編1〉
日本推理作家協会編　殺しのルート13〈ミステリー傑作選・特別編2〉
日本推理作家協会編　真夏の夜の悪夢〈ミステリー傑作選・特別編3〉
日本推理作家協会編　57人の見知らぬ乗客〈ミステリー傑作選・特別編4〉
日本推理作家協会編　自選ショート・ミステリー〈ミステリー傑作選・特別編5〉
日本推理作家協会編　自選ショート・ミステリー2〈ミステリー傑作選・特別編6〉
西村玲子　玲子さんの好きなものに出合う旅
西村玲子　玲子さんのラクラク手作り教室
二階堂黎人　地獄の奇術師
二階堂黎人　聖アウスラ修道院の惨劇
二階堂黎人　ユリ迷宮
二階堂黎人　吸血の家
二階堂黎人　私が捜した少年
二階堂黎人　クロへの長い道
二階堂黎人　名探偵水乃サトルの大冒険
二階堂黎人　名探偵の肖像
二階堂黎人　悪魔のラビリンス
二階堂黎人　増加博士と目減卿
二階堂黎人編　密室殺人大百科(上)(下)
西澤保彦　解体諸因
西澤保彦　完全無欠の名探偵
西澤保彦　七回死んだ男
西澤保彦　殺意の集う夜
西澤保彦　人格転移の殺人
西澤保彦　麦酒《ばくしゅ》の家の冒険
西澤保彦　幻惑密室
西澤保彦　実況中死
西澤保彦　念力密室!
西澤保彦　夢幻巡礼
西澤保彦　転・送・密・室
西澤保彦　人形幻戯
西村健　ビンゴ

講談社文庫　目録

西村　健　脱出 GETAWAY
西村　健　突破 BREAK
楡　周平　外資な人たち〈ある日外国人上司がやってくる〉
楡　周平　青狼記(上)(下)
西村　滋　お菓子放浪記
貫井徳郎　修羅の終わり
貫井徳郎　鬼流殺生祭
貫井徳郎　妖奇切断譜
法月綸太郎　密閉教室
法月綸太郎　雪密室
法月綸太郎　誰《たそ》彼《がれ》
法月綸太郎　頼子のために
法月綸太郎　法月綸太郎の冒険
法月綸太郎　法月綸太郎の新冒険
法月綸太郎　法月綸太郎の功績
乃南アサ　鍵
乃南アサ　ライン
乃南アサ　窓
乃南アサ　不発弾

野口悠紀雄　「超」勉強法
野口悠紀雄　「超」勉強法・実践編
野沢　尚　破線のマリス
野沢　尚　リミット
野沢　尚　呼《よ》人《ひと》
野沢　尚　深紅
野沢　尚　砦なき者
野沢　尚　魔笛
野口武彦　幕末気分
半村　良　飛雲城伝説
原田泰治　わたしの信州
原田泰治
原田武雄　泰治が歩く〈原田泰治の物語〉
原田康子　海霧(上)(中)(下)
林　真理子　星に願いを
林　真理子　テネシーワルツ
林　真理子　幕はおりたのだろうか
林　真理子　女のことわざ辞典
林　真理子　さくら、さくら〈おとなが恋して〉
林　真理子　みんなの秘密

林　真理子　ミスキャスト
林　真理子
山藤章二　チャンネルの5番
原田宗典　スメル男
原田宗典　東京見聞録
原田宗典　何者でもない
原田宗典　見学ノススメ
原田宗典・文
かとうゆめこ・絵　考えない世界
馬場啓一　白洲次郎の生き方
馬場啓一　白洲正子の生き方
林　望　帰らぬ日遠い昔
林　望　リンボウ先生の書物探偵帖
帚木蓬生　アフリカの蹄《ひづめ》
帚木蓬生　空夜
帚木蓬生　空山
坂東眞砂子　道祖土《さいど》家の猿嫁
花村萬月　皆月
浜なつ子　死んでもいい〈マニラ行きの男たち〉
畠山健二　下町のオキテ
林　丈二　犬はどこ？

講談社文庫　目録

林　丈二　路上探偵事務所
原口純子と中華生活ウォッチャーズ　踊る中国人
はにわきみこ　たまらない女
はにわきみこ　へこまない女
畑村洋太郎　失敗学のすすめ
蜂谷　涼　小樽ビヤホール
遙　洋子　結婚しません。
花井愛子　ときめきイチゴ時代〈ティーンズハートの1987～1997〉
平岩弓枝　おんなみち全三冊
平岩弓枝　花嫁の日
平岩弓枝　結婚の四季
平岩弓枝　わたしは椿姫
平岩弓枝　花祭
平岩弓枝　青の伝説
平岩弓枝　青の回帰(上)(下)
平岩弓枝　青の背信
平岩弓枝　五人女捕物くらべ(上)(下)
平岩弓枝　はやぶさ新八御用帳(一)〈大奥の恋人〉
平岩弓枝　はやぶさ新八御用帳(二)〈江戸の海賊〉
平岩弓枝　はやぶさ新八御用帳(三)〈又右衛門の女房〉
平岩弓枝　はやぶさ新八御用帳(四)〈鬼勘の娘〉
平岩弓枝　はやぶさ新八御用帳(五)〈御守殿おたき〉
平岩弓枝　はやぶさ新八御用帳(六)〈春月の雛〉
平岩弓枝　はやぶさ新八御用帳(七)〈寒椿の寺〉
平岩弓枝　はやぶさ新八御用帳(八)〈春怨 根津権現〉
平岩弓枝　はやぶさ新八御用帳(九)〈王子稲荷の女〉
平岩弓枝　はやぶさ新八御用帳(十)〈幽霊屋敷の女〉
平岩弓枝　はやぶさ新八御用旅(一)〈東海道五十三次〉
平岩弓枝　はやぶさ新八御用旅(二)〈中仙道六十九次〉
平岩弓枝　極楽とんぼの飛んだ道〈私の半生、私の小説〉
平岩弓枝　ものは言いよう
東野圭吾　放課後
東野圭吾　卒業〈雪月花殺人ゲーム〉
東野圭吾　学生街の殺人
東野圭吾　魔球
東野圭吾　浪花少年探偵団
東野圭吾　しのぶセンセにサヨナラ〈浪花少年探偵団・独立編〉
東野圭吾　十字屋敷のピエロ
東野圭吾　眠りの森
東野圭吾　宿命
東野圭吾　変身
東野圭吾　仮面山荘殺人事件
東野圭吾　天使の耳
東野圭吾　ある閉ざされた雪の山荘で
東野圭吾　同級生
東野圭吾　名探偵の呪縛
東野圭吾　むかし僕が死んだ家
東野圭吾　虹を操る少年
東野圭吾　パラレルワールド・ラブストーリー
東野圭吾　天空の蜂
東野圭吾　どちらかが彼女を殺した
東野圭吾　名探偵の掟
東野圭吾　悪意
東野圭吾　私が彼を殺した
東野圭吾　嘘をもうひとつだけ
東野圭吾　時生
広田靚子　イギリス 花の庭

講談社文庫　目録

日比野　宏　アジア亜細亜　無限回廊
日比野　宏　アジア亜細亜　夢のあとさき
日比野　宏　夢街道アジア
平山壽三郎　明治おんな橋
火坂雅志　忠臣蔵心中
火坂雅志　美食探偵
火坂雅志　骨董屋征次郎手控
藤沢周平　雪明かり
藤沢周平　決闘の辻 〈藤沢版新剣客伝〉
藤沢周平　義民が駆ける
藤沢周平　新装版 春秋の檻 〈獄医立花登手控え㈠〉
藤沢周平　新装版 風雪の檻 〈獄医立花登手控え㈡〉
藤沢周平　新装版 愛憎の檻 〈獄医立花登手控え㈢〉
藤沢周平　新装版 人間の檻 〈獄医立花登手控え㈣〉
藤沢周平　新装版 闇の歯車
藤沢周平　新装版 市塵(上)(下)
藤沢周平　新装版 決闘の辻
船戸与一　山猫の夏
船戸与一　神話の果て

船戸与一　血と夢
深谷忠記　安曇野・箱根殺人ライン
藤田宜永　樹下の想い
藤田宜永　艶《つや》めき
藤田宜永　異端の夏
藤田宜永　流砂
藤川桂介　シギラの月
藤原智美　「家をつくる」ということ
藤　水名子　赤壁の宴
藤　水名子　項羽を殺した男
藤　水名子　風月夢夢　秘曲紅楼夢
藤原伊織　テロリストのパラソル
藤原伊織　ひまわりの祝祭
藤原伊織　雪が降る
藤原伊織　蚊トンボ白鬚の冒険(上)(下)
藤田紘一郎　笑うカイチュウ
藤田紘一郎　体にいい寄生虫 〈ダイエットから花粉症まで〉
藤田紘一郎　踊る腹のムシ 〈グルメブームの落とし穴〉
藤本ひとみ　時にはロマンティク

藤本ひとみ　聖ヨゼフの惨劇
藤野千夜　少年と少女のポルカ
藤野千夜　夏の約束
藤沢　周　紫の領分
藤木美奈子　女子刑務所 〈女性看守が見た「泣き笑い」全生活〉
藤木美奈子　ストーカー・夏美
福井晴敏　Twelve《トゥエルブ》 Y.O.《ワイオー》
福井晴敏　亡国のイージス(上)(下)
福井晴敏　川の深さは
福井晴敏　終戦のローレライ I～IV
藤木　稟　テンダーワールド
藤波隆之　歌舞伎ってなんだ? 〈101のキーワードで読む〉
藤原緋沙子　遠花火 〈見届け人秋月伊織事件帖〉
藤原緋沙子　春《はる》疾《はや》風《て》 〈見届け人秋月伊織事件帖〉
辺見　庸　永遠の不服従のために
辺見　庸　いま、抗暴のときに
辺見　庸　抵抗論
星　新一　エヌ氏の遊園地
星　新一編　ショートショートの広場①～⑨

保阪正康　昭和史七つの謎
保阪正康　晩年の研究
保阪正康　昭和史忘れ得ぬ証言者たち
保阪正康　昭和史七つの謎 Part2
保阪正康　あの戦争から何を学ぶのか
堀　和久　江戸風流「酔っぱらい」ばなし
堀　和久　江戸風流女ばなし
堀田　力　少年魂
星野知子　デンデンむしむし晴れ女
星野知子　食べるが勝ち！
北海道新聞取材班　検証・「雪印」崩壊〈その時、何がおこったか〉
北海道新聞取材班　追及・北海道警「裏金」疑惑
北海道新聞取材班　日本警察と裏金〈底なしの腐敗〉
北海道新聞取材班　実録・老舗百貨店凋落〈流通業界再編の光と影〉
堀井憲一郎　『巨人の星』に必要なことはすべて人生から学んだ。あ。逆だ。
堀江敏幸　熊の敷石
本格ミステリ作家クラブ編　紅い悪夢の夏〈本格短編ベスト・セレクション〉
本格ミステリ作家クラブ編　透明な貴婦人の謎〈本格短編ベスト・セレクション〉
本格ミステリ作家クラブ編　天使と髑髏の密室〈本格短編ベスト・セレクション〉
本格ミステリ作家クラブ編　死神と雷鳴の暗号〈本格短編ベスト・セレクション〉
松本清張　草の陰刻
松本清張　黄色い風土
松本清張　黒い樹海
松本清張　連環
松本清張　花氷
松本清張　遠くからの声
松本清張　ガラスの城
松本清張　殺人行おくのほそ道(上)(下)
松本清張　塗られた本
松本清張　熱い絹(上)(下)
松本清張　邪馬台国　清張通史①
松本清張　空白の世紀　清張通史②
松本清張　カミと青銅の迷路　清張通史③
松本清張　天皇と豪族　清張通史④
松本清張　壬申の乱　清張通史⑤
松本清張　古代の終焉　清張通史⑥
松本清張　新装版大奥婦女記
松本清張　新装版増上寺刃傷
松本清張他　日本史七つの謎
丸谷才一　恋と女の日本文学
丸谷才一　闊歩する漱石
麻耶雄嵩　翼ある闇〈メルカトル鮎最後の事件〉
麻耶雄嵩　夏と冬の奏鳴曲《ソナタ》
麻耶雄嵩　木製の王子
松浪和夫　摘出
松浪和夫　非常線
松井今朝子　似《に》せ者《もん》
松田美智子　だから家に呼びたくなる〈松田流「おもてなし術」〉
町田　康　へらへらぼっちゃん
町田　康　つるつるの壺
町田　康　耳そぎ饅頭
舞城王太郎　煙か土か食い物〈Smoke, Soil or Sacrifices〉
舞城王太郎　世界は密室でできている。〈THE WORLD IS MADE OUT OF CLOSED ROOMS〉
舞城王太郎　熊の場所
松尾由美　ピピネラ
松久　淳　田中　渉・絵　四月ばーか
松浦寿輝　花腐《くた》し

真山　仁　ハゲタカ(上)(下)
三浦哲郎　曠野の妻
宮城まり子編　としみつ
三浦綾子　ひつじが丘
三浦綾子　毒麦の季《とき》
三浦綾子　岩に立つ
三浦綾子　青い棘《とげ》
三浦綾子　イエス・キリストの生涯
三浦綾子　あのポプラの上が空
三浦綾子　小さな一歩から
三浦綾子　増補決定版　言葉の花束〈愛といのちの792章〉
三浦綾子　遺された言葉
三浦綾子　愛すること信ずること
三浦光世　三浦綾子　愛に遠くあれど〈夫と妻の対話〉
宮尾登美子　一絃の琴
宮尾登美子　天璋院篤姫(上)(下)
宮尾登美子　東福門院和子《まさこ》の涙
皆川博子　冬の旅人(上)(下)
宮本　輝　避暑地の猫

宮本　輝　ここに地終わり海始まる(上)(下)
宮本　輝　花の降る午後
宮本　輝　オレンジの壺(上)(下)
宮本　輝　朝の歓び(上)(下)
宮本　輝　ひとたびはポプラに臥す 1〜6
宮本　輝　新装版　二十歳《はたち》の火影《ほかげ》
宮本　輝　新装版　命の器
峰　隆一郎　寝台特急「さくら」死者の罠
宮城谷昌光　侠骨記
宮城谷昌光　春の潮
宮城谷昌光　夏姫春秋(上)(下)
宮城谷昌光　花の歳月
宮城谷昌光　重《ちょう》耳《じ》(全三冊)
宮城谷昌光　春秋の色
宮城谷昌光　介《かい》子《し》推《すい》
宮城谷昌光　孟嘗君　全五冊
宮城谷昌光　春秋の名君
宮城谷昌光　子産(上)(下)
宮城谷昌光他　異色中国短篇傑作大全

水木しげる　コミック昭和史1〈関東大震災〜満州事変〉
水木しげる　コミック昭和史2〈満州事変〜日中全面戦争〉
水木しげる　コミック昭和史3〈日中全面戦争〜太平洋戦争開始〉
水木しげる　コミック昭和史4〈太平洋戦争前半〉
水木しげる　コミック昭和史5〈太平洋戦争後半〉
水木しげる　コミック昭和史6〈終戦から朝鮮戦争〉
水木しげる　コミック昭和史7〈講和から復興〉
水木しげる　コミック昭和史8〈高度成長以降〉
水木しげる　総員玉砕せよ！
宮脇俊三　古代史紀行
宮脇俊三　平安鎌倉史紀行
宮脇俊三　室町戦国史紀行
宮脇俊三　全線開通版・線路のない時刻表
宮脇俊三　徳川家康歴史紀行5000キロ
宮部みゆき　ステップファザー・ステップ
宮部みゆき　震える岩〈霊験お初捕物控〉
宮部みゆき　天狗風〈霊験お初捕物控(二)〉
宮部みゆき　ぼんくら(上)(下)
宮子あずさ　看護婦が見つめた人間が死ぬということ

宮本昌孝 夕立太平記
宮本昌孝 影十手活殺帖
皆川ゆか 機動戦士ガンダム外伝〈THE BLUE DESTINY〉
皆川ゆか 新機動戦記ガンダムW（ウイング）外伝 ～右手に鎌を左手に君を～
三浦明博 滅びのモノクローム
三好春樹 なぜ、男は老いに弱いのか？
村上龍 限りなく透明に近いブルー
村上龍 海の向こうで戦争が始まる
村上龍 コインロッカー・ベイビーズ (上)(下)
村上龍 アメリカン★ドリーム
村上龍 ポップアートのある部屋
村上龍 走れ！タカハシ
村上龍 愛と幻想のファシズム (上)(下)
村上龍 村上龍全エッセイ〈1976～1981〉
村上龍 村上龍全エッセイ〈1982～1986〉
村上龍 村上龍全エッセイ〈1987～1991〉
村上龍 超電導ナイトクラブ
村上龍 イビサ
村上龍 長崎オランダ村
村上龍 フィジーの小人
村上龍 368Y Par4 第2打
村上龍 音楽の海岸
村上龍 村上龍料理小説集
村上龍 村上龍映画小説集
村上龍 ストレンジ・デイズ
村上龍 共生虫
村上龍・坂本龍一 EV. Café——超進化論
村上龍・山岸隆 「超能力」から「能力」へ
向田邦子 眠る盃
向田邦子 夜中の薔薇
村上春樹 風の歌を聴け
村上春樹 1973年のピンボール
村上春樹 羊をめぐる冒険 (上)(下)
村上春樹 カンガルー日和
村上春樹 回転木馬のデッド・ヒート
村上春樹 ノルウェイの森 (上)(下)
村上春樹 ダンス・ダンス・ダンス (上)(下)
村上春樹 遠い太鼓
村上春樹 国境の南、太陽の西
村上春樹 やがて哀しき外国語
村上春樹 アンダーグラウンド
村上春樹 スプートニクの恋人
村上春樹・佐々木マキ絵 羊男のクリスマス
村上春樹・糸井重里 夢で会いましょう
村上春樹・文 安西水丸・絵 ふわふわ
U・K・ル=グウィン 村上春樹訳 空飛び猫
U・K・ル=グウィン 村上春樹訳 帰ってきた空飛び猫
U・K・ル=グウィン 村上春樹訳 素晴らしいアレキサンダーと、空飛び猫たち
U・K・ル=グウィン 村上春樹訳 空を駆けるジェーン
群ようこ 濃い人々〈いとしの作中人物たち〉
群ようこ いいわけ劇場
向山昌子 アジアへごはんを食べに行こう
室井佑月 Piss《ピス》
室井佑月 子作り爆裂伝
室井佑月・丸山あかね プチ美人の悲劇
村山由佳 すべての雲は銀の… (上)(下)
室井滋 ふぐママ

2006年3月15日現在